滄海叢刊

# 知識之劍

陳鼎環 著

1978

東大圖書公司印行

行政院新聞局登記證局版臺業字第〇一九七號

中華民國六十七年四月初版

知識之劍

基本定價貳元柒角捌分



著作者 陳鼎環
發行人 莊剛彰
出版者 東大圖書有限公司
總經銷 三民書局股份有限公司
印刷所 東大圖書有限公司
臺北市重慶南路一段六十一號二樓
郵政劃撥一〇七一七五號

# 自序

這本書是作者的第三部單行本。內中三十一篇文章及詩，先後發表於中央日報副刊、中國時報副刊、哲學與文化月刊、中華雜誌月刊等。有一部分是上述兩報副刊的「方塊」。內容多關於科學、哲學、文藝、歷史等。如對於作者的文字感興趣，可請參閱作者另兩本書：「閏秒時代的人生」與「書生天地」（三民文庫）。

東坡詩：「事如春夢了無痕」，平時旣於業餘因有感而發，寫些文章，散見報刊，事後如不加以收集出書，又何能追憶那無痕的春夢？雖然如此，筆者文字卻非供人消遣，在這中國多難而文化飄零的時代，有心人讀吾書，也許別有感觸，激起共鳴，那將是我的最大願望，在此先致上我的衷心謝意。

陳鼎環

一九七七年冬寫於台北

# 知識之見目錄

# 名城偏是傷心地

——維也納剪影及感言——

「藍色多瑙河」「維也納森林」這些引人遐思的去處，早在童年時便留下了不能磨滅的印象。如今，我坐在高達二百五十二公尺的多瑙塔上旋轉迴廊的咖啡座上，慢慢的眺望着相對轉動中的維也納城。藍色多瑙河正靜靜的穿過這著名的世界音樂之都，流逝着千載悠悠的江水；而維也納森林則緊密地牽挽着市郊衣帶，使她成爲世界上唯一的永遠被秀美深情的森林所陪伴着的壯麗都城。

維也納是相當神奇的。這裡充滿着古典的氣氛，與現代的便利。全市有二十三個區，矗立着數不清的雄偉建築，宮殿、紀念堂、博物館、歌劇院、音樂廳、教堂、商店、公寓、以及許多不知名的巨廈；夾雜着世界上最多的市內公園；點綴着藝術家、音樂家、歷史偉人等銅像，還有處處建築物上突出的鬼斧神工的石刻浮彫；然而所有林蔭大道和街坊兩旁都停滿了小轎車，中間奔馳着晝夜不息的車輛；有時響動着電車的鈴聲；目前地下鐵道正在分段興建，部分已經通車。數百年來，維也納曾有過二百萬以上的人口，近年維持着一百六十多萬左右；但每年有二千萬遊客訪問此城（觀光收入三十億美元），到處可以看到從歐洲各國開來的遊覽車；可是維也納却並不顯得擁擠。走在街上的男女，衣衫美潔，彬彬有禮，顧客與店員間彼此都甚親切，謝謝與再見之聲不離口，是那麼文雅，那麼悠閒。有些商店前面設有露天咖啡座，在樹蔭掩映下，仕女們安詳地坐着閒談或欣賞街景。

維也納的歌劇與音樂早已聞名世界，此地有好幾家歌劇院與音樂廳。每天晚上只有一場的演出；但是從早上八點多便有人排隊買票。歌劇的票價最高的達一千齊令（奧國幣，一千元約值台幣二千四百元），依此遞降，最低的是站票，不過二三十元。一座歌劇院約可容納觀衆二千二百人，座位大約一千七百個，其餘就是站票。下午二時與三時，則分別開放兩場供訪客參觀，備有導遊引領解說，門票二十一齊令。

然而最令人驚嘆流連的，是這大城縱橫數十百條舒暢雅潔的街道，數以萬計的雄偉而典雅的建築物。卽使到過紐約的人，對此也會產生不同凡響的感覺。因爲紐約的建築多如單調的豎立火柴盒，高聳而凌厲，其稜角如鋒如刄，散發着冷峻的工商業的威嚴，缺乏維也納那種深厚的古典藝術氣息。維也納則淸幽嫺雅，古木參天，綠蔭覆地，散發着引人安詳地陶醉其中的魅力，幾乎使人忘記了維也納也正如西方其他大城一樣，是建造在高度的科學技術之上。眞的，提起維也納誰會想到科學技術呢？可是，假如是土木或建築工程師加以觀察，他會讚佩這城市的力學結構，地下排水系統的優良，整個都市計畫的美妙，但它並非最近才如此，却是從古至今似乎便一直如此的有計畫。維也納可以說她是古典與現代的合一，藝術與科學的合一，自然與人工的合一。

同樣在國外各處逗留，維也納似乎不易令人感到異鄉作客的寂寞，因爲這兒一出去，如許街頭景物幾乎都要使人忘記了自我。科學是耐用的，藝術則是耐看的。尤其假如你走進清幽翠綠的公園，那高拔端秀的大樹成林，刹那間教人心曠神怡，如茵的芳草，軟綿舒展，鴿子與小鳥們自在地跳躍飛翔。園裡往往有山一般雄壯的建築物，或者是比鄰而巍然屹立。它們古而不老，有詩畫般的情調，有宗教般的靈異。那高亢的屋簷上成排的人物彫刻，莊嚴優雅，栩栩如生；宮殿前飛馳的武士奔馬像，英氣逼人，神采奕奕。無論是坐在園內的椅子上沈思，還是坐在林蔭大道邊的椅上仰望，一時都有不知身在何處的感受。

維也納的文化歷史在歐洲算是較悠久的了，奧匈帝國曾經煊赫一時，英才大略的女王瑪利亞、特勒西亞對她的國家留下了寶貴的建設，而「維也納大學」較之英國的牛津劍橋更爲古老。寬廣美麗的國家公墓林蔭華蓋，安息着貝多芬、舒伯特等一群大音樂家，坟上經常放置着千里遠客前來憑弔致敬的鮮花，眞正是留芳百世。維也納市立公園裏，入夜燈光璀璨，花團錦簇，一座豪華旅館外的表演台上音樂悠揚，職業男女舞者循聲起舞，儀態萬千。一曲初罷，舞者退下，台前露天咖啡座上顧客，成雙成對地紛紛起立而舞，直至深夜。

世界上偉大的音樂家，如非誕生於奧地利，也幾乎都客居過維也納。所以維也納畢竟深沐正宗藝術傳統之洪流，卽使當今橫掃歐美各國的成人電影，在這裏也遠較美法等國含蓄而藝術，不可同日而語。

奧國人雖然與德國人同樣操着引爲自豪的德語，但是他們的民族性却頗有差異，而較爲悠閒與浪漫；但仍比法國人保守。德國人則較爲勇邁沉毅。維也納是德文的天下，說英語在這兒吃不開。雖然這是國際大都市，有許多聯合國等機構，以及國際性集會或展覽會在此召開，但維也納人會說英語的要比台北人少得多。看來說德語民族與說法語民族是一樣的驕傲。

維也納是那麼幽靜而安詳，只有成群的汽車輪胎輾在馬路上發出稍微不調和的「噪音」。因爲許多街道都留着古老的用小石塊砌成的路面，不像柏油路面那樣光滑，輪胎快速輾過路上微小的空隙，發出較大的音響。夜晚，像世界各大城市一樣燈火輝煌，櫥窗燦爛，但都已下班休息；也沒有多少遊樂的場所。歌劇與交響樂屬於嚴正的藝術，不能列爲一般所謂的遊樂吧。電影院不多，也不大。夜總會似乎沒有。酒樓、飯館、咖啡店則處處可見；但酒店是純喝酒的，咖啡館是純喝咖啡的（純字意謂非黃色也）。維也納人好喝酒，却不像紐約有酒之處常有色。喝酒小吃最好的地方在「古林井」（Grinzing）。其地風光殊異，格調之美，值得大書特書的。

「古林井」在維也納市郊，開車去很快便到。這兒有數十家酒店供飲酒或小吃。看起來有點像村莊。除店內座位外，店外有庭院，花木扶疏。古典式街燈，一律散發着枇杷色的燈光。綠葉黃燈，野趣盎然，景色甚美。就在這庭園裡擺設許多座位。甚至有的從圍牆般的邊門而入，曲徑通幽，石階迴轉，再上庭台，而雅座在焉。入夜，處處嘉賓滿座，維也納人以及外來的觀光客，三五成群。有的是小家庭，有的是二三友好，更有的成雙情侶，在此小吃長喝。店家多聘有琴師，爲奏風琴，也有流動琴手前來爲拉小風琴或小提琴。賓客聽得入神之際，不覺三三兩兩，歌而和之；但聞琴音繚繞，歌聲處處，一片和樂，較之世外桃源，有過之而無不及。奧國的葡萄酒有紫白兩種，還有黑啤酒等，風味均佳，都很暢銷；不過筆者對酒外行，也說不出其他各色酒的名堂。祇覺得此地情調之高雅古樸，令人不醉亦酣。賓客酒風又好，沒有人鬧酒，更無人猜拳喝令，影響他人。斯文的顧客，酒罷而歸。

維也納人是非常幸福的，除了藝術之美，科學之利，景色之佳，人和之善，像美國大城市那種治安問題，在這兒也不必擔憂。其實歐洲的治安普遍比美國好得多。我們此地有些人把美國若干大城市的治安問題（其實雜有非常矛盾的種族問題在內），列入西方文化問題而加以跨大渲染，甚至沾沾竊喜，實非君子所當爲。

然而，在奧地利這樣人間仙境的鄰近地區，東歐共黨國家如捷克、匈牙利、羅馬尼亞、南斯拉夫等，却眞是咫尺天涯，幽明異路，因爲那些地方幾乎就是陰曹地府。據久居此地的人說，南斯拉夫人逃出鐵幕，在維也納掃地刷盤子都幹，賺的錢雖亦不多，尚可寄回祖國接濟親屬。久經「修正」的南斯拉夫人尚且如此，其餘的不堪聞問了。想起列寧的共產主義一切美感都要一掃而空，那眞是人間妖孽。試看本世紀以來，凡是跟蘇聯沾上一點關係的國家，其國人民莫不倒霉。許多次薄暮的黃昏，我佇立多瑙河邊的橋頭凝望，鴉片戰爭的陰影又襲上心頭。想起十七世紀時候，中國原已開始落後，又不幸而與俄國爲鄰，隨後滿清政府愚劣不堪，引致外來諸帝亂華，軍閱糜爛，最後獨留列寧禍根於炎黃疆土。近三十年來，故國河山上，除了一批二門之外，只有半部「毛選」亂天下，社會閉塞，知識淺薄，什麼「土法錬鋼」也做得出來，豈不令人笑掉大牙，還有兩個農夫當作一隻水牛而拖犂耕田。民生之疾苦，連數千年前的封建時代都不如。祖國呀祖國，一直到唐宋之時，您曾是全世界最文明的泱泱大國，禮樂之邦，眞是「萬國衣冠拜冕旒」，甚至下及有元之世，馬可孛羅遊記中所寫的中國，仍被外國人膜拜爲人世天堂，許多歐洲人聽了還不敢相信，斥之爲造謠惑衆；可是今天竟然淪落到如此一窮二白，那麼落後甚至野蠻。縱然勒緊褲帶，啼饑嚎寒製造些原子彈，想爭點面子，然而人家只把你當作國際甲級流氓看待，如避野獸蛇蠍。我們中華民族難道就不能再讓人家仰慕？再讓人家千里迢迢成群地前來瞻仰與學習嗎？想着想着，我不覺一陣陣的酸鼻。我沈重地凝視多瑙河的水，那因通過城市汚染而略呈黃濁之色，但遠離市外，多瑙河的水仍然是藍色的；我想中國的文化清流，受近代嚴重的內憂外患的汚染，也已呈黃濁狀態了；但願，也相信在時間的沈澱下，未來的中國文化之流，仍然是澄藍的吧。

假如我沒有背負四千年歷史的光榮，三百年歷史的黯淡，與乎一百年歷史的恥辱，面對這可愛的維也納城，還有可愛如童話世界的奧地利農村，與那些湖光山色，我應該感到純粹的快樂；然而實際上，每一次出國，多到一個地方便多一次感到精神的猛烈刺激，心事如麻；因爲在這突飛猛進的時代，西方人不但科學技術日新月異，他們的人文造詣，法治能力，自治修養，人權契會，大體上也是與時俱增。今天奧國總統的「官邸」就在一條市郊公路旁百餘公尺處，與一般民衆鄰近而居。兩家電視台不厭其詳地談論着社會政治經濟的課題，歌劇節目接二連三，商業廣告少之又少，落後的暴力打鬥也近乎零。人民愛好政治或參與政治，但決不是你死我活的悲慘奪權鬥爭。無論爲農爲工，安居樂業，精神物質都那麼豐足充實，起馬克思於地下，來遊維也納，或考察各地工廠與農村，他還能有多少行的「資本論」好寫呢？如果他再遊東歐，請問他到底是誰該革誰的命呢？

然而維也納雖好，這一切都不屬於我，我更不屬於這個社會。卽使有朝我能在此謀得一枝棲身之處，但也無法感到心安理得而自豪，因爲那不是我們民族自己所創造的東西，你永遠無法引人家的長處而自豪。民族主義是落伍的嗎？一點也不。近世西方各國莫不靠民族精神而團結奮鬥，莫不引自己民族歷史古蹟與成就爲榮。惟有那愚昧無知的中共文化大革命，才砸爛所有古蹟古物，結果不但砸不出自由平等民主與科學，反而砸出更多的暴力與專制；還有此地有些一知半解的知識分子，以爲民族主義是妨礙前進的，無法向國際或外國認同；事實上誰會向你認同呢？向外國民族作一廂情願的單相思，才是造成本身文化虛脫，與乎成爲國家進步的絆脚石。實際上除非全中國能够民富而國強，人人自治而自由，人人法治而民主；作爲中國人，無論在這地球上入什麼籍住什麼地方，都無法眞正快樂起來。我再一次深深地感到：白種人是通過知識邁向天堂而統御世界，絕不是走暴力路線而能擺脫其當初的落後。從十七世紀開始的歐洲是因知識勃興（包括抽象學術與具體發明）才逐漸改變了物質環境，隨後變革了政治社會制度。如果是一群無知的人要憑暴力進行文化大革命，那將是搬石頭砸自己的脚。所以要振興中國，惟有走上全民知識路線，靠淵深的人文與科學知識才能照破社會的黑暗，而逐步使民族昇騰；如果繼續進行暴力的種種鬥爭或戰爭，只能導使全民族退墜而回歸到半人半獸的原始狀態。野獸除了暴力廝殺之外還能知道些什麼呢？

虛浮的粉飾歌頌，雖可以安慰人心於一時，但將令人昏睡而沈淪；深刻的檢討批評，雖有損民族尊嚴於表面，但有助於喚醒國魂而復興。不過這一切，必須出之於至誠與眞知灼見。中國的眞正知識分子應該有一份歷史的使命感，揮起知識之劍而復興中華，不是訴諸舊時代那種武俠式的狂熱與暴力，那只能爲舊社會打抱不平，決不能爲新社會茁長生機。現實是冷酷的，知識才是溫暖的。現代化國家莫不是憑豐富而系統化的知識而自立自强。有形的金劍也好，紫電青霜也好，都已沈埋於歷史的泥沙。惟有無形的知識之劍，才是披荆斬棘，再造河山的眞正利器。

在秋季的夕陽金光下，多瑙河的景色也不應多讓英國的劍河。正當揮別維也納的前夕，我徘徊在河畔，久久不能去。我就是無法像徐志摩那樣輕鬆單純的唱他那唯美主義的浪漫調調兒。到了萬家燈火，我才回到旅館而寫此稿，曾經數度擲筆興嘆，又倦極而睡，次日淸晨三四點醒而續成。現在我要走了，但我不是輕輕地走了，正如我不是輕輕地來；我無法輕輕的揮手，作別那西天沈重的雲彩。早上八點鐘。行前的一小時，我又步到左近的街道，仰望那雄偉建築物上的美妙彫刻，不覺再度黯然而百感交集，乃寫成一首小詩紀懷：

多瑙河邊景物華，金彫玉砌萬千家！
名城偏是傷心地，故國凋零嘆落花。

我踱回旅館準備提行李，心中不斷地想着　中山先生的名言：「革命的基礎建立在高深的學問上」，以及其臨終的囑咐，我好似曾見一角中國的遠景。

**（附記）**一九七七年九月初，筆者奉派參加維也納國際原子能總署召開之第三屆國際核子保防工作研討會，同時與會的尚有行政院原子能委員會楊義卿先生及中山科學院羅崇魯先生。筆者於會後並另考察核能電廠等。此文則寫於維也納，歸來補充並修定於台北，已秋深矣。

（六十六年十一月三十日中國時報副刊）

# 飛碟疑戀

## ——一個地球人的傾訴——

宇宙人生永遠有揭發不完的神秘。不同的時代，或不同的歷史階段，又有不同的神秘。當月亮的神秘消失在科學的巨眼後，飛碟的神秘隨着彌漫於太空，而佔據了人群的心靈。雖然，天文學上的「夸沙」「黑洞」「反物質宇宙」「宇宙之外」的究竟狀況；物理學上的原子核成因，核子電子從何而生；生物化學上的染色體包藏的遺傳與創化的密碼清單；乃至心理學上的潛意識世界之精神分析，都逗引着極深的神秘。但那是非常嚴肅的科學論題，只有少數的專家或高深的知識分子，才會拚命的去想；對於廣大人群並無什麼具體的印象及吸引力，更無神話式的幻想餘地；惟有飛碟問題，疑眞疑幻，若卽若離，它才是太空時代大衆性的神秘象徵。

飛碟之頻頻不可揣測地出現，又次次不可捉摸地消失，像陌生的心上人故意向你勾引，但當你魂飛神授而追求它時，却又已渺無踪跡了。飛碟能在空中一點，作三百六十度的任意轉向飛行；它又能隨意改變其速度於剎那之間。一下子靜如處子，一下子動如閃電，但又寂無音響。據報導以雷達追踪，飛碟在內太空之時速高達七萬公里，爲地球人的任何航空器所望塵莫及。飛碟已不是一個人兩個人見過，而是許許多多人見過，包括學生、農夫、主婦、警察、飛行員、科學家等等。報紙雜誌陸陸續續刊載其事，有時還發佈清晰可觀的照片。然而，飛碟在人們心中一直像古代神話那樣。飛碟裏面的外太空人（如果有的話），更是諱莫如深，科學家也對它毫無所知。因爲飛碟人不願與我們地球人溝通。它似乎只有興趣作超然的觀察此間的紅塵世界而已。

說飛碟是來自外太空，由於飛碟不是現代地球人的科技所能製造的。從它的飛行特性來看，似乎已經能製造一種新物質或超物質，這種奇妙的物質具有負的質量，而與地心吸力相抵消，所以它在地球引力圈內，最後結果等於零重量，當然升降旋轉自如，好不逍遙自在了。其內部則可能使用核子融合能，或更高的不可知形態之能源，作爲動力推進之用。飛碟在極高速飛行中，而不與空氣磨擦激盪發出尖銳巨響，則此新物質外圍可能具有某種特殊力場，使周圍空氣被推拒多少公尺之外，卽根本不與空氣接融。也就是飛碟所過之處，其周圍都是眞空狀態。飛碟既然能够從外太空飛臨本地球，又能隨時離去，勿需向地球補充任何東西，則其動力能源與食物營養諸問題，都能卓然獨立，無所依賴於外界。飛碟人的科學技術之高超，大非地球人所能比擬。

那麼「飛碟人」是否與地球人爲同一遵循達爾文式的物種演化之路所產生的「人類」，亦缺乏證據而頗有疑問。它來自那一個星系的行星？那行星的生命自然環境是否類似地球？還是遠比地球優越，才能鍾靈毓秀產生那種超智慧的「飛碟人」？甚至其壽命可能甚長，利於太空旅遊？因而視地球人如蚍蜉之朝生暮死，視我們相爭相殺的歷史幼稚可笑？惟其如此，「飛碟人」才不願以眞面目與地球人相見？乃至不願以無線電訊與我們相溝通？尤其「飛碟人」來訪地球那麼多次，但從未在地球上插一把什麼旗，或留下什麼標記？可能還暗中取笑美國人只不過登陸一下附近的月球，便要插一把國旗在那上面。因爲你們飛碟人歷史可能一開頭就沒有國家，每一個人的道德起碼像史懷哲那樣熱忱高超，又像老子那樣澹泊自治。也許你的語言文字遠非地球人所能了解，而你對地球人的文明，一眼便已看穿，無需多加研究？所以你才不屑取走我們的書籍或用品，以探討地球人的性質？更不屑對自作孽而將自取滅亡的核武器多看一眼？所以你飛碟人的雅興只在從雲端俯察我等下界蒼生？像我們俯視螞蟻搬家那樣瀟洒輕鬆。

不，也許我是以小人之心度君子之腹，其實你是非常關懷地球人，欲建立友誼並出以援手，但却有難言之隱——本質上爲我們所無法了解的原因，而不得不與地球人保持着若卽若離的態度？是否你們世界或身體，係由某種我們所不能思議的超物質構成，此種怪物質不能與地球系統相接觸？只是在某種特別裝置控制之下才製成飛碟之形態，神神秘秘地訪問地球，探望地球人，以聊慰你的思念與關懷之心？否則，一經直接接觸，便刹那間化爲一陣能量，而彼此都灰飛煙滅掉？所以，你將永遠像我們神話中的牛郎會織女那樣，要隔一條不可逾越的鴻溝，但不可能有一種相介的鵲橋？所不同的是：你一定充分地了解地球人，而地球人則根本不能了解你。由此種種原因，你無法贈送一部「飛碟天書」給地球人，使我們藉以吸取你的思想、智慧與經驗，來化除地球上的苦難與災殃？

你必然知道現代地球人正是大難當頭，處於危急存亡之秋：核武競賽愈演愈烈，核子戰爭無人能保證不會發生；大自然汚染日益惡化，到本世紀末，水將不堪飲用，空氣將不堪呼吸，生物將不堪依存；還有人口將高達七十億，而無人能够制止；原有糧食荒缺問題，誰能解決？乃至以色列與阿拉伯之間的仇恨，誰能化解？資本主義的貪婪，迷戀金錢，癡深似海，誰能使之澹泊？共產主義滿懷怨毒，嗜愛權力鬪爭，瘋顚如狂蜂，誰能使之安寧？………。噢，飛碟人呀，你必然不是與我們地球同一路線，同一境界的生命；否則，你當初怎能逃過核戰的厄運？怎能渡過自然汚染、生態失衡的難關？怎麽避過人口爆炸、糧食匱乏的煎熬？怎麽超越仇恨、貪婪、怨毒、癮迷諸陷阱？你不會具有這樣記載，不堪回首的歷史。

如果你眞是從類似地球人的歷史刼灰中轉化出來的，那末你與地球人的智慧相距應不太遠，何不賜贈一部你們的災殃歷史給地球人讀讀（當然先翻譯成地球上某一種文字），以作爲警世鐘聲，以古爲鑑而知得失呢？難道你連這一點小惠也吝嗇不肯爲嗎？莫不是彼此各有應受的命運，而不能代替或超越？正如孫悟空不能揹上唐三藏，一觔斗翻到西天去，不必經過九九八十一難，豈不現成？無奈唐三藏註定必須以其肉體與靈魂歷經刼難，才能走完全程，而孫悟空自己早年也受盡折磨痛苦，所以對唐僧只能從旁暗中協助？如此說來，是否當未來核子大戰剛剛開始的刹那，你飛碟人能夠及時抛出一個不可思議之「天網」，而收盡滿天核飛彈呢？你是否當汚染接近滅亡地球生物的時候，能從飛碟中撒下滿天的「神粉」，消解了地上的一切毒氣毒水呢？……

噢，飛碟人，假如以上種種，都不過虛無幻想，那你飛碟人飛來地球究竟是爲了什麽？僅僅爲了閒極無聊，來此觀「災」遊覽而已嗎？以滿足你的優越感不成？不，這不可能。如果你亦不過如此幼稚，如此心腸狹窄，如此幸災樂禍，你不可能會成爲天神般的飛碟人——以接近光速來去太空，訪探星球，若宇宙之遊仙！你必早已毀滅於上述諸大危難災殃的歷史灰燼之中了。

於是，我又猜想你飛碟人的故鄉星球，遙遙遠遠，渺渺茫茫，也許生來就是天然的極樂仙境，遠勝地球千百倍。在那兒，遍地是金谷玉麥、香花美果，含有特殊的營養份，使你自小吃了之後，便不斷增長智慧與道德。你從小不知道什麼是邪惡。你五歲能文，七歲能詩，六歲能演微積分，八歲能破原子核，九歲能透視潛意識，十歲能控制遺傳與創化密碼，……。在你的世界，滿天祥瑞，遍地神奇。植物很多，取之不盡；動物很少，珍若瑰寶。什麼都發達，就是動物的性腺不發達，所以你到一百歲時情竇方開。女人每一世紀才排卵一次，每十世紀才交配一次，每一百世紀才有一次懷孕機會，人口根本永遠不成問題。由於物多人少，你們不必爲了求生存而耗費心機於爭奪，彼此珍愛合作，更沒有貪婪之心，嗔怨之心，癡迷之心，於是從不知金錢與權力爲何事。你們的心力放在高深的科學研究方面，放在美妙精采的文學藝術活動方面，放在玄奧難言的哲學思辯方面，乃至其他我們所無法想像的超級生活方面。你幾乎是宇宙之全知，但你就是不知罪惡，於是當你飛臨地球世界，這個被佛陀稱爲「五濁惡世」的人間，你一看之下，大爲驚駭，所以才戒愼恐懼，不敢輕擧妄動，不敢接近地球人，視我們如毒蛇兇獸。

然而，你又不是憎厭地球人，因爲你不知憎厭是什麼；你也不是鄙視地球人，因爲你也不知鄙視是什麼。你只是爲了彼此安全而保持距離而已。你又悲憫地球世界，何以如此多煩多惱多災多難，你要多加觀察研究，但你忘記你是長壽若干萬歲，你的時間感覺跟我們不一樣，隨便一蹉跎，我們就是多少個世紀過去了，你不大懂得地球人的焦慮危急的經驗。

記否多少萬年前，你們已經一連串訪問過本地球，多少千年前又一連串訪問過本地球，不過那時的地球人還沒有文字與學術，誰能記載？根本亦不知什麼訪問不訪問，却殘留些捕風捉影的神話。

傳說古老時代，便有奇異的仙人或神人，忽然從天而降，然後又飛天而去。看見的人，驚惶失措，事後追憶，說說而已，連說話的形容詞都不大會使用；聽見的人，神色驚疑，也只是聽聽而已，無所用心，莫可奈何。因爲地球人，長久以來，全心全意爲天災而忙，爲食物而忙，爲權力而忙，爲金錢而忙，爲性腺而忙，乃至爲了許多「莫須有」而忙，沒有多餘的心力作大有益的盛事。所以地球人的道德系統是消極的，猶如逆水行舟那樣勉强，一個聖賢要經過數十年的動心忍性的折磨工夫，才證得良知德性之潛在於自己，這是多麼辛酸高昂的代價啊！而你飛碟人的道德系統是積極的，像行雲流水那樣自然自發，所以社會進步神速，且無不良副作用或心理後遺症。那末，你要想了解罪惡，其艱難便有如地球人要達到「明明德」那麼費事。於是你當初只是無心飛臨此土，出於偶然，出於善意，決不屑於侵略這個地球，隨後過一段時間（也許就是多少百年千年）又來看望一下我們而已。無奈，彼此有如人天相隔，各自一方，各自存在，各自發展。

你們享你們的福，我們嘗我們的禍。

飛碟人，假如你降生於這個地球，你也和我們一樣的吧！反之，假如我們誕生於你的星球，還不跟你一樣？你早已通達「無我」的原理，所以你不會自傲，我們也無需自卑。所遺憾的是：你已經光臨本地球多少次了，而我們却對你的底細無所知。我們極想了解你，而你根本無意或至少無法使我們了解。噢，飛碟與外星人，地球人對你充滿了種種的疑思、揣測、想像，與嚮慕，彷彿古老年代的地球人對月亮世界的遐想與態度，可望而不可卽，成爲時代的神秘象徵，作爲生命的嚮往境界，而這正是有意義有益的事，那末，你飛碟之所以出現於本地球而又無所施爲，亦正是懷着這樣的用意吧！至善而無爲，自然而奮發。能盡物之性所以能駕飛碟而遊太空；能盡人之性所以能通於神，所以能促成社會之祥和、進步與福祉。天助自助，行健不息，反身而誠，樂莫大焉，這就是你對地球人的暗示教育嗎？又如靈山會上，佛陀拈花示衆，不發一言，盡宣妙奧。以你飛碟人之智德高超，飛碟留影足矣，又何必留下什麼國旗或者什麼標記呢？宜乎如是，宜乎如是。

現在，地球人自己雖然正身處災苦之中，但也只好默然因自作而自受了。不過，我們基於根本的良知與善意，仍然向你祝福，祝福你的生命境界繼續提高，祝福你的太空旅行一路愉快。

（六十四年三月五日　中國時報人間副刊）

# 可愛的唯一地球

孔子無非登一下泰山，便小了「天下」，而胸懷爲之一廣。現代人坐噴射機從高空下望，千山萬水百餘國，只像一片繡花地毯。至於太空人從月球遠眺，所謂地球也者，更不過像一隻籃球之類的玩藝兒。將來若從木星回首尋覓地球，找了半天，勉强才能找到螢火蟲似的微光，浮沉於茫茫太空之際，而寄居其上的三十幾億人類同胞，根本渺無蹤跡，國界也找不到，想起戰爭更是荒謬之極，念及名利，不無滑稽可笑。此時，他漫步太空艙外，只覺得一身孤寂，萬種空虛，就算平生都沒有學過哲學，恐怕也會湧起一肚子的哲學來，可不是學院派搬弄名詞的無病呻吟呢。

然而，在宇宙無垠的旅程上，光年的天文脚步，却緩慢得如蝸牛，一艘太空船的速度又算什麼？即使在理論上，每若干萬個行星，也許有一個像地球那樣的擁有錦繡河山，但在空漠無際，星多如沙塵的太空中，誰知道何處去找它？就算知道，誰又能飛到那不可思議的遙遠地方。可是回過頭來一想，踏破鐵鞋無覓處，得來全不費功夫，我們這些人類，一生下來就已經降落着「地」了，就已經躺在那極其渺茫難找、極其珍貴美妙的行星上了。可以說不要花一分本錢，便擁有了白雲碧海、綠樹紅花，豈不是如詩如畫、神仙難到的天地嗎？君不見水星、金星、火星，名字蠻好聽，其實一個個就是死亡谷不如的絕境，相形之下，咱們地球上隨便飄一陣風、灑一陣雨，不都是金風玉露、成爲無限四度時空中的奇蹟所在嗎？一個地球可眞是衆星之寶，這上面居然還有高等生命——曾經在這星球上歷經數十億年之微妙演化而神秘地出現的生命。文明人，從創化的時間過程來看，可以說是萬古長空中的神聖，代表宇宙界的魯殿靈光。地球之珍貴，人類之價值，在太空人的太空之旅後，有了嶄新的啓發與認識，這恐怕是科學史上第一次同時肯定天地與人的三才地位，頗與中國道統哲學思想殊途同歸。中國儒家哲學，從來不認爲頂天立地之外還有什麼天堂，從來不認爲七尺之軀外還有什麼神仙妖怪而勝過人的。

但回顧早期的幼稚科學知識，視大地山河爲凡土，總嫌它不够美好，幻想着月宮寶盒啦，廣寒仙子啦，與乎一切太虛幻境，乃至隨後的火星超人及其偉大運河！眞有點皇帝當膩了，想做叫化子，仙邦住煩了，想要下地獄。難怪太空人登月歸來，在警醒之餘，遙望着飄浮的地球故鄉——最美好的行星，要莊嚴而歡忭地唱起讚美的聖詩。平心細想，我們「乘坐地球」遊太空，才是稀世的偉大壯擧，因爲地球本身就是一隻宇宙的神舟——巧妙萬能的太空船，自然完美的仙宮。在這上面，天生萬物以養人，綠水青山爲君設。花香鳥語，猶不過其餘事。女人都是造物者的掌上明珠，男人都是萬刼修來的天之驕子，正是戴天履地人爲貴。人身難得，地球難遇，芳華難再，世緣難會。人類如果還不知自愛，若只想損人利己而導致互相殘殺，那眞是活該天誅地滅，咎由自取而死有餘辜了。

又由於對地球的新認識，愛護資源，珍惜萬物，杜絕浪費，都已變爲今後人類生活的基本信條，取代了往昔某些學者認爲可以無窮開發，可以盡量耗費的幼稚觀念。缺乏太空科學、地球物理、生境學（Ecology 通常譯作生態學），乃至人格心理學、文化學等背景學問的唯經濟史觀，已經落伍報廢了。因爲把人看成單純的物質產品，只顧自己一人發財，不顧周圍環境汚染，或不顧社會許多人貧困死活，固然滿身罪惡；但是另一極端，只顧社會組織與死板分配，不顧個人意志自由、思想自由，與心靈價值等，也是鄙陋不堪。人類的學術文化發展到今天，已有百川匯歸大海的趨勢，現在情況是：發生在地球上的事，全人類都有關係，各門學術都有影響。因爲地球是一艘天然的太空船，船上所有的人，禍福存亡都是息息相關的，何況還已經在船上放置了定時炸彈——核武器。所以，人生之一切學問，不論那一門，都是爲了要好好愛護這條船，以及改善這船上所有人的身心生活。假如只想自己，只會抱門戶之見，具一偏之知，則是非常危險的。莊子很早就有整體性的慧觀，認爲井蛙不足以語海，夏蟲不可與談冰，當此科際整合的重要性日益昇高的新時代，這眞是發人深省的睿智之言。

此外，計劃家庭，節育人口，更是刻不容緩的緊急措施。一條船能載多少人，是有一定的限度！一個地球能載多少人，也有一個極限。讓已經生存着的人，每日改善其環境與心境，讓尙未生存的後代子子孫孫，留有足够的餘裕，不但是對物質生活的必要觀念，同時也是影響到心理狀態與精神境界的重大因素。土人社會的人口觀念爲重量不重質；反之，文明社會的人口觀念是重質不重量。先進國家與開明之士，不但要在自己本國推進其人口計劃，還要促進落後地區大力推行；否則地球上任何一地區的人口爆炸，都會殃及其他各地的無辜大衆。人口炸彈的導火線的另一端，也就是核子炸彈連鎖反應的臨界點。

當代，不幸地在知識爆發之中，人口仍然高速膨脹，同時，環境汚染不斷增强，生態平衡不斷破壞，天然資源不斷耗失，糧食生產不斷緊張，核戰毀滅不斷威脅，全球各國的有識之士與有關機構，已接連提出呼籲與警告。可以說，美麗可愛的地球已經走向憔悴而危險的境地了，能不令人惋惜與擔憂？想當初，人類缺乏足够知識以認識地球的時候，地球是不受重視、不被愛惜的，甚至還有點嫌厭；如今，人類認識了她的美麗可愛，而且還是稀有唯一的（至少在實用立場可以如此說），人類却已經對她犯了不少的過失，乃至罪行。可是由於私心作梗，似乎已不太容易產生足够的力量，去維護她那昔日的康健與丰采了。

通常，人在幸福之中不易認識幸福，當人一旦認識幸福時，往往已經付出了損失幸福的代價。因爲造物者巧妙地安放一顆私心給人類，私心使人盲目奮鬥而發展而享受，但私心也使人盲目猜忌而爭鬥而痛苦。私心是一種極奇妙的藥物，當它的劑量少時，它使人成長；但它劑量大時，能使人墮落。偏偏人處於過度享受或過度忍受之時，私心却會增强而趨向墮落。於是人類先天上便受到造物者的無形監督，先天上便受制於先驗的道德律。至於造物者則沒有私心，你不能指定祂是誰，祂既不是固定的誰，祂便永恆遍在、創造、而安祥，表現爲大自然（按此形而上的造物者，在中國儒家名爲天命）。人類不管能擁有多大的學問知識，只要人不能夠約束其私心於某一極限之內，造物者便隨時能使人之內部產生災難痛苦而制約乃至毀滅，可說是宇宙間非常公平微妙的自動變化法則了。

人類如果沒有高度的科學，將永遠不能認識地球之美好，但有了高度的科學之後，科學却被濫用，地球却已然籠罩於危機的愁雲之下，這使人警惕到，科學所產生的利與弊是同樣驚人的，它在人類文明舞台上所扮演的角色，很像特技團中的空中飛人，既是驚心動魄，精采絕倫，又是千鈞一髮，存亡莫測。回顧科學初興之時，它是有百利而無一害，如今隆盛之極，却也危機四伏，弊病叢生；令人想起古代宗教初起之時，帶給人類多少的精神安慰、寄託，與鼓舞，但當其隆盛之極，却也橫遭利用，而迷信流行，寃煞天下蒼生。畢竟中國道統哲學有其博大精微而高明的見解，認爲人是存在於心與物之間。所以綜合的眞理之路不是單純的康莊大道，似乎只有介於科學眞理與宗教心源之間，才有一條危微精一的天險之路，登上這一條曲折險峻的心物交錯之途，才能使人類的私欲只成爲創造文明的觸煤，而不成爲毀滅生命心靈的病毒；才能使科學知識只成爲拓展文化前途的開路機，而不成爲文明終點的掘墓工具。如此，人類才配得恆久擁有這美麗可愛的地球。

現在正是人類的命運面臨到有史以來空前未有的挑戰與考驗。然而，第一流宗教家的話已沒有多少人肯聽，第一流科學家自己則又晝夜忙於製造核飛彈！所以，人類命運已經不能信託於少數的權威人物，而必須寄望於社會大衆的覺悟，讓每一個人有空時想想：地球是可愛的唯一的自然太空船，大家是乘坐其中的太空旅客，當然是同舟共濟，禍福相隨，我該做些什麼而有利於太空之旅呢？又我不該做些什麼而有害於太空之旅呢？久而久之，衆志成城，蔚爲風氣，而產生新的潮流與善的力量。在善的心思指引下，眞與美才能找到實際有益的方向，而不知不覺地走上那一條隱秘難言的、危微精一的天險之路，以共享那萬古長空中傳奇浪漫的生命旅遊！使每一個人都不枉此生，都不枉此行，都爲後世之人所懷念，其精神長存於他／她們的心中，而與此可愛的唯一地球同在。

（民國63、8、26、中央副刊）

# 從「科學中文化」到「科學中國化」

在研究科學中文化之前，先要分析科學所使用的文字有那些部門。細分之，自必種類繁雜，難以盡擧於此；但大體上，約可劃分爲六大部門：一是專上學校各類科學敎科書的中文化；二是國外各類科學技術辭典、說明書，以及手册的中文化；三是工業製造以及工程施工有關遵循或參考的國外規範書，標準書的中文化；四是國內工業產品之製造過程以及工程施工經過之種種記載或報告等之中文化；五是國外重要的科學技術論著書刊之翻譯或節譯；六是電腦運作之輸入輸出文字的中文化。此外，亦有很多國內科學書刊、記錄、報告等，本來就已是中文的，自無需中文化。

現在大專院校的科學敎科書，很多都是採用外文原本，這對於學生的民族心理影響很大，在學生時代便不知不覺的養成科學的附庸心理。雖然，外文尤其英文在今日有其現實的重要性，但敎科書實應一律用中文編著，如果要加强英文能力，大可加强英文科敎學。敎育部理宜編訂計畫、尅期完成。其次關於外國科學辭典手册之類的編譯，尤其專有名詞的統一標準化，關係甚大。現在中文科學名詞，除了少數爲公認普遍使用之外，大多數是冷僻的中文，或根本無中文譯名，隨科學之日新月異，新名詞日漸增多，頗將累積到難於處理的程度。有關當局對此宜大力策劃推進。第三類關於規範書、標準書，實爲一國科學技術水準之衡量尺度。我國雖有中文的「中國國家標準」(CNS)，但內容與種類均較少，又多倣襲外國。當然，此項工作不單是科學中文化問題，因爲這是本國工業所能製造的技術標準；自己不能製造的，實難訂定何種標準，故使用中國國家標準書之規範，常屬於內購之器材機具，而外購者則必參看及引用外國標準書。歐美日本各類工程規範標準書頗多，吾人亦宜擇其常用者，一一編譯爲中文。又由於科技之不斷演進，外國標準規格，亦經常修訂或增列，故將來中文版亦當在時效上密切配合。第四類關於工業製品及工程施工之記載文字。國內不少工業製品及工程施工，由於原先都有引用或參考外國規格標準之處，以及使用許多專有名詞，從來源起便多爲英文的，故所作的自己報告文字，有不少也是英文的。甚至國內某大工程建設，因屬於較爲尖端科技，一切科技原始及相關資料都是英文的，其件數以萬計，致使國內乃至同一工程單位內，彼此文件都要使用英文，始能配合，還有許多函件爲了要給外國顧問看，所以也是英文的。如此在中國自己機關做事，宛若是在外國工作，英文函電文件不知要比中文的多過多少倍。每日面對如此繁多的英文技術資料，眞令人喟然嘆息科學中文化之不易，而國家科技之種種艱難亦昭然在目，更深感一國科學本國化之尤不易。然而，回首日本與吾國爲同文同種，但彼早已科學日文化與科學日本化，能不唏噓至再。關於第五類外國科學書刊之編譯，數十年來國家編譯館所得成果，似亦乏善可陳，且處今日知識爆發時代，書刊多如烟海，若不趁早積極下手，擇要進行，將來愈積愈難，差距愈來愈大。誠能急起直追，仍有可爲。關於第六類電腦中文化，近年已有若干成效。電腦為第二次工業革命，將來前途無量，現在初期便能扣緊機運，實上述六大部門科學中文化中，最為可喜現象。亦正是 中山先生所說科學要迎頭趕上（此頭指先鋒前頭）不必從頭由考古做起（此頭指古老源頭）。

國家長期發展科學委員會成立有年，頗著辛勞，其經費亦不少，但耗用研究補助費所得績效為何，輿論界歷來頗有淸議，在此不多贅言。國科會今後是否可分出若干人力與經費，推進科學中文化工作，總不能使中國科學長期發展結果變為英文體系。現在頗有些人視民族主義為不進步，以為傾向國際與化為西洋才是前進的，殊不知凡世界上科學進步的國家，其國人民與官吏比落後國家的人要愛國得多，愛民族得多。如果自己不愛民族，不愛國家，不愛文化，以為一味迎合外國，便可以靠外力壯大自己科學，實不過自作多情的單相思，因為人家是只愛自己的種族文化才能起飛科學的。像菲律賓那樣的傾向全盤美化，國文就是英文，但它的科學技術不過是建築於沙灘上的洋房而已，上無自己風格，下無自己的根基。在推進科學中國化過程中，科學中文化無疑是一項重要的環節，一方面可以使科學普遍的深入民間，另一方面又可以强化青年學生的民族尊嚴感，以激發民族的創造潛能。到此，筆者還要附帶提出一項建議，卽停止大專院校修讀「中國近代史」而代之以李約瑟著的「中國的科學與文明」卽「中國科學技術史」，此書近年已由陳立夫先生主持譯事，邀集若干位學者迻譯為中文，其意義至為深遠，尤其作者為英國人，對於國人的說服力更為客觀有效，使靑年學生對中國歷史上的科學技術有一正確觀念，而不是只知火藥指南針等幾項發明而已。雖然此書爲煌煌鉅著，篇幅甚多，但可以改編濃縮爲一大册，供一學年的修讀。至於「中國近代史」何以要予停止修讀呢？因爲初高中階段都已讀過兩次，尤其平常報紙刊物又多連帶談到辛亥以後歷史。那末，對此鴉片戰爭以後，辛亥革命以前，喪權辱國割地賠款的窩囊史，包括慈禧太后滿淸官吏的愚蠢腐敗，何必要一再的重溫惡夢呢？值此民族信心仍然低落未振之秋，國人對本國科學技術史所知淺薄之時，豈非加重自我糟蹋？雖云勾踐臥薪嘗膽表示不忘恥辱，但中國近代歷史所造成民族心靈創傷，久已滴血未癒，何必再叫人擴大舊傷口呢？君不見隔鄰的日本，他們寫日本的近代史事，不說自己在二次大戰中發動侵略，最後慘敗投降，却說是「東亞共榮」與「終戰」，還有俄國人僞造蘇俄科學史，把許多別國人發明的東西，都竊據爲俄國人首先發明！當然，似此無聊謊言，我們中國自不應爲，但至少亦不應叫青年人一而再、再而三的聞慈禧太后裹脚布式的臭史。痛心的說，包括筆者做學生時代在內，千千萬萬的中國青少年都在考場默寫過諸如八國聯軍之敗，簽訂的不平等條約內容，可是至今有幾個中國青年學生看過「中國的科學與文明」？有多少學生讀過柳詒徵先生著的「中國文化史」？有幾個人研究過傳續道統的中國哲學史？諸如此類，不勝枚擧。以致有許多中國人不知中國歷史有多少美事與光采，甚至某些人只知中國有小脚太監鴉片烟或且姨太太軍閥與痲將牌之類。記得若干年前某文化太保，雖受過高等教育，而境界很低，天天寫文章臭罵中國文化，從來沒有什麼建設性的見解，而浮躁之流竟爲之鼓噪叫好。這群人恐怕是集中西文化之渣滓，而不是擷中西文化之精華，都是滿清末葉的窩囊史讀得太多之故，沾染有近代中國墮落的流氣，可以說是臭史中毒。這與學西洋只學些迷幻藥、搖滾樂、同性戀之類的青年，有異曲同腔之謬，固然知識分子寫文章，不能沒有批評諫諍的精神，以求進步，但同時也決不可無民族的愛心與建設性的思想，以求振奮，否則最好免寫文章，省得害人害己。

現在言歸正傳，再回來談科學中國化。檢視中外歷史，凡一種學術之興起，必先有其一股隱藏的學術精神潛滋暗長，比如春天之來臨，能使百花欣然燦發。此種精神即是追求眞理的道德勇氣。學術如果要靠金錢的鼓勵，這已是到了學術發軔後的第二階段了。試看當年哥白尼、伽里略、達爾文之輩，那些較早期的近代科學家，其學術精神不但與名利無關，甚且冒着本人的生活困境乃至生命的危險，及至科學發展稍成氣候之後，已爲社會所接受與嚮往，於是名利隨之，優厚的專利以誘引之，工商企業以高薪羈縻之，販夫走卒之流，因羨慕金錢而重視科學，此皆屬於後知後覺之層次。故上文之所以先從科學中文化爲科學中國化之起步，即是首求振興民族尊嚴與道德勇氣，以形成科學的季節，而後工業花果始有培植剪裁之可言。

其次，學術須從自由氣氛中增長擴大，故國家對於科學之策畫，政府對於工業之經營，由有關當局主政外，民間之自由研究以及私人工業之培養，乃至獎助或專利權之鼓勵，爲爭取時效，尤宜齊頭並進。回首臺灣光復已逾三十年，政府遷臺亦已二十七載，此一安定進步的歲月，不可謂其短，輕工業之成長相當可觀，裝配工業獲利尤豐，外貿數量層層激增，經濟有一定程度之繁榮，然而國家之整個科學技術水準之提高，則未可視爲顯著與滿意，推究其最大原因在於科學未能中文化，卽未能達成科學氣候，理論科學基礎亦不厚實；次則基本的巨型工業，如煉鋼工業、母機工業，策動很遲；三則石油化學工業、電機及電子工業，發展不充分。近年蔣院長發動十大建設，並注意發展重化工業及精密工業，可謂臺灣自有歷史以來的最大手筆。此等措施如提前十年，成效之巨，難以估計；四則爲有關機構之人才因素，例如拿農業科技與工業科技對比，則臺灣農業科技成就聞名世界（品種改良、病蟲害及施肥研究等），超過工業科技很多。農復會自蔣夢麟先生主持以來，內部人才薈萃，蔣氏個人的才幹與長期努力所奠定的優良基礎，領導並影響相關之各農業研究及試驗機構，其功尤大。反觀國科會自胡適之先生肇其端，尙無具體之成績表現。臺灣的工業科技比農業科技，其範圍本來複雜龐大得多，而所投入之人才、時間與精力俱不及農業者，其成就如何，可以思過半矣。又歷年所耗巨額研究補助費，很多散爲某些教授的變相津貼，對於民間科學研究、技術改進或輔導，俱少作用，非如農復會等機構直接對民間農業科技有所巨幅提高促進。國家長期發展科學工作實宜針對國家之工業需要厘訂計畫，提出具體有效之實行方案，例如接受民間個人或團體之申請補助研究，或技術指導，一方面由民間主動提出實際問題作切實研究試驗，一方面將艱深理論或需要昂貴設備部分，委託大專院校或公立研究機構，以合力解決技術問題，方能落實民間，互相推動促進。庶不致把科學研究凌空放在虛無縹緲間，有無實效，無人催問，研究的人於是久亦因循應付，提出一些不着邊際的報告，以領取研究費為目的。又查出版物版稅與專利權，都只能補償成功者於事後，不能獎勵而援引於事前，對於具有科學潛能，但經濟環境不能配合者，將難以人盡其才，尤其無力從事長期研究或創造。國科會如能接受自由申請，可就申請人所提出之具體計畫及研究能力，連同部分樣品或半成品，予以慎重審核，以決定是否貸予長期補助費，並視其將來每一階段之績效如何，再增加或延續獎助金。如果申請人沒有績效或失敗，則立刻停止補助或追還若干成分的補助貸款。務期全面策進社會之科學著作、譯述、研究，以及技術方法之發明或改良，且逐年公布審核之成果，引起社會之關注與競爭，培養學術風氣。如此，政府有許多想不到的科學工作，便可由民間參予發展，主動發掘科技問題，合力加以解決，以盡量發揮民間的科學潛能與高等學府的領導作用。這樣才能使科學滿足自己社會的需要，社會也就賦予科學技術以本國之形態與特色。使科學技術一一落實於民間，而民間也不斷的提供新的科學需要與動力。

還有，學校的科學教育，亦須同樣的與社會實際需要相配合。不能老是如過去那樣，脚不着地的空研外國的需要、外國的問題、外國的解決方法、外國的技術特色、外國的規格標準，除了純粹的數學公式、物理化學等定理外，少有一點中國自己的血肉靈魂，像這樣教育出來的學生，與本國科學工業不發生關聯與興趣，再加上其他社會風氣作祟，自必逼向升學主義、洋博士主義，長期居留外國謀取個人身家的富貴利祿，好像是替外國人免費訓練基本人才。一些留在國內就業的，也因與社會實際情況扞格不入，要虛度多少歲月後，才逐漸開始進入情況。此外，更有一邊是「事求人」，一邊是「人求事」，無法互相滿足其需要的矛盾現象。

總結上文之各項檢討，包括若干缺點與具體建議，可得走向科學中國化之三大核心課題：一是科學資料中文化；二是科學工作民間化；三是科學教育實用化。這三者之中，科學中文化又為首要（雖然三者要齊頭並擧）。誠能全國各界（不是「擧國上下」，民主法治不宜說「上下」）同心協力，則對科學中國化之進展，必能日新月盛。尤其蔣院長平日不但勤政親民，且對於教育文化、科學技術、工業經濟、農村生活等各方面建國大事、民主大政，都極為關切，而又卽知卽行，一貫的勤求民隱，坦誠懇摯，早已人所共知，實為辛亥革命以來所罕見的內閣首揆風範。嚴總統則出身理工，曾經歷掌財經要政，績效斐然，為人又篤實謙和，立身端正，較之當代歐洲的民主國家元首，絕不遜色。此二位國家領導人，承接過去　蔣公所拓奠的三民主義模範省的既有根基，正以大力督飭國科會奮勵興起，這恰是推進並實現現代科學中國化的大好形勢與時光，凡我炎黃子孫，豈能不及時珍惜而共策共勉之。

從「科學中文化」到「科學中國化」，可以說是玆事體大的國家千秋大業。筆者才學有限，謹就所知範圍，貢獻千慮一得之愚見，文中自不免許多欠妥欠週之處，尚祈海內外方家，不吝匡正，藉收拋磚引玉之效，共襄衆志成城之擧。

（六十五年六月四日及五日中央副刊）

# 創造與信心

人類之所以卓然超拔於萬物之上，端賴於能夠創造。累積創造之成果，也就成爲文明。創造有抽象的，也有具體的，除了需要智慧外，還需要相關的經驗與信心。智慧能淨化經驗，使提升爲範圍廣闊的原理定則，經驗則能催化智慧，促進其成熟與發達，在智慧與經驗相互增殖，成爲良性循環之進程中，人類的文明才不斷的躍昇，人類的生活內容也便日益去蕪存菁而姿采紛繁，於是人類回顧自己生活的智慧、經驗與文明，油然而生創造的快感而不斷增强其信心，此種信心又再激發工作與趣與追求完美之精神，因而再度擴大深化其經驗與智慧，以與文明互相激勵而演進。雖然在歷史演進期間，亦常有局部的或一連串的錯誤、挫折、停滯，乃至衰退與災殃，但其整體大方向還是推陳出新，揚善棄惡，向上精進不已；只是在挫折與災難之中，往往最易令人動搖其創造的信心，導致奮鬪精神的低落，生活意義之灰暗，乃至一部分人在信心崩潰中墮落了，因爲在黯淡的沈墜的社會氣氛中，人的生理智商雖未衰退，但其心理能力大受障礙，而整體的創造力自必下降，甚至連許多普通事情，本來會做得很好的，也因自暴自棄而顯得有點「頑劣」了。因此，値一個時代的低潮時，對理想之信心能夠堅持不墜，是極爲重要的，是屬於聖哲偉人的德操慧力，作中流砥柱，作黑夜明燈。

同樣，在一個民族備受長期挫折屈辱之後，其民族的創造信心，尤爲重要。君不見在數十年前，便有人在信心全面失落之後，一雙活生生的眼睛硬是把外國的月亮看得比祖國的圓，在這種心態與風氣之下，欲求顯發民族的創造才華，勿寧如寒冬風雪中，期望花開草長。創造的信心實有若春天的陽光雨露，暗中滋長花木，使之向榮，試查各民族歷史，當其大力創造的季節，人人自信自負，奮欣堅勇，才華煥發，好像天才特別多；反之，在挫敗衰頹之後，大家信心沈落，缺乏朝氣，彼此對國家社會所聞所見，常是牢騷滿腹，互相責怪，好像人人都成了庸愚之輩，惟聲色犬馬，爭權奪利是務了。

有識之士，不要以爲民族信心只不過是狹義的血氣之勇，只夠衝鋒陷陣時派得上用場；而把文藝創作，科學發明，乃至一切建設創造，都與民族信心沾不上關係；也不要單看稀有幾個天才的個人表現，便認爲發展科學只要搞些定理公式，然後就靠那幾條公式便把整個工業建設一氣呵成了。從數學公式到整個社會現代化，其間距離還有千山萬水的路程，各國的工業路線與結構，也還各有其歷史與特色，不是像數學公式那樣可以照抄不誤。盎格羅撒克森民族，一向是把其民族信心置於世界之上，德法等各白種民族競相以上帝選民自許，一個比一個更有信心，巴黎那一股民族傲氣根本不把紐約客放在眼裏。這在東方的超越出世哲學看來，似乎不值取法，然而人類原是自高等動物演化而出，凡事若都以出世聖賢眼光來卑視紅塵，那麼民族之奮勵團結，社會之建設現代化，其速率將如牛步蝸行，何能與當代登月探星的形而下世界爭短長，而必須退返父母未生前的形而上世界去了。

中山先生所說「吾心信其可行，雖移山塡海之難，終有成功之日」，是一句非常感人的話，但如要人人具此信心，却非透過艱難的民族精神教育不可，因爲民族精神教育具特殊技巧，不是刻板的幾句教條口號。培養民族信心自非落後國家發展科學技術的唯一條件，然而它是許多必要條件中的一個條件。當今世界上各落後民族或國家中，十之八九是沒有民族信心的；或縱然有，也不過一點氣如游絲，不絕如縷而已，以之振衰起疲，喚醒國魂，再造文明，還大大不足。民族信心、民族精神，乃至民族主義是爲了激發並團結一個民族內之民智人才，一致奮起而產生催化與凝聚的力量，而不是自畫疆域阻截西方學術的絆脚石。我們須能明辨　中山先生所說的民族主義與西太后所搞的義和團是根本兩回事。　國父以民族主義爲三民主義中擎天三柱之一，智慮深遠，旨在重振民族的創造信心與力量，喚起民衆，走中國人自己的道路，自立自强。可惜有些人不甚深思，只看見表面的物質建設，象徵性的數理公式，偏重民生主義中的純物質意義部份，忽視民族主義，而不知三民主義是三者間具有血肉關聯、氣息相通，必須齊頭並進而不可稍加偏廢的。

世界上的强國以民族主義傲視他人，固然不該，而令人遺憾，但世界上的弱國却不能不以民族主義團結自己，作爲各方面創造的原始動力。强國好比是身體强壯的大漢，可以勸他不要再進民族主義的補藥了，但瘦排骨的民族可以拋棄民族主義的營養品嗎？語云：「登高自卑，行遠自邇」，當自己民族尚未復興强大之前，實不宜好高騖遠，奢談什麼國際主義，世界大同之類，輕易拋棄民族精神；卽使拋棄，也沒有强國的人向你認同的。尤其數十年來，蘇俄高喊無產階級國際主義，其實不過是騙騙各弱小民族使產生向國際認同的幻想，然後令之入彀，淪爲其附庸而已，如今總算天下人已明眞相，可惜一失足却成千古恨，欲求恢復淸白的自由之身，其代價眞是沉重啊。至於一般人的科學無國界的意識，也屬似是而非的幻覺。因爲除了像數學這些純抽象理論東西外，他如核子武器、導向飛彈等種種精要理論及技術，都是列入極機密的强國鐵櫃裏，至於高水準的工業科學技術，也無一不是工商機密，不授他人，出高代價才肯賣一點。日本工業界便經常透過技術合作的合約，向美國購買科學技術。科學實利之所在，眞是各國界限分明，豈可謂科學無國界？歐美國家只有向外推銷商品，推廣市場時，才暫時不談國界與膚色罷了，有時還贈送些一加二等於三之類的不値錢的科學資料，以哄取外行的文化人的好感與宣傳。一加二在美國與菲律賓雖然都等於三，但如菲律賓人只懂得一加二等於三，離社會現代化的科學建設，還有十萬八千里之遙。沒有民族信心支持，民族精神推動，從事急起直追，迎頭趕上的努力，事事都難落實有效，便根本走不到那目的地，只有永遠膜拜美國並且以科學國際主義沾光自慰而已。

我們要站在民族信心的磐石上，而不是任何國際主義的海市蜃樓上，創造出屬於中華民族的科學文化的高樓廣廈，然後再在那巍峨的大門上寫下四海一家、天下大同的豪語，這才是科學的實事求是的精神，儒家哲學的「時中」意義與從本到末的正確方法。

（六十五年八月三日中央副刊）

# 工商業社會的生活藝術

通常，在人們的意識中，工商業社會與生活藝術之間似乎有一道鴻溝，隱隱約約地隔開了工商與藝術的境界。好像除了揷花養鳥彈鋼琴等之外，工商社會無多生活藝術可言了。這是值得深思與商榷的，本文旨在對此切身的現實問題作一分析評述。

生活藝術所顯示的爲美的人生。怎樣的人生才是美的？甚至才是完美的？美是什麼？美之定義，諸家所說不同。我以爲美是種種的生命境界，由小而大，由低而高。美有兩重條件：客觀條件爲促成生命之充實、和諧、圓滿、光大的外在事物，主觀條件爲對此等事物的創造能力與欣賞能力。故主客二條件越充足者，則美之境界愈高，亦卽其生命愈充實、和諧、圓滿、光大。

所謂生命，非僅生命自體，而是生命自體加上生命環境。生命環境非僅物性環境，而是層層推進上達的環境：有生態環境、社會環境、文化環境、道德環境、宗敎環境等。生命環境藉生命自體之內在心靈境界之開拓、發展、提高，以及理性的科學技術的進步、改善，而綜合的創造而成。亦卽完整之生命爲生命自體（內層生命）及其生命環境（外層生命）之合一。

綜上所述，美乃是生命之充實、和諧、圓滿、光大之內涵與外采、創造與欣賞。美的人生卽是文化的人生。生命在文化之中，猶如花木在春光裏。生活之藝術爲生命及其環境，在向上拓展中所煥發出的智慧與成果，以促成生命之充實、和諧、圓滿、光大。

爲支持上述之論議，玆分別就自然物、人造物、藝術品、典章制度等方面，略加引證。

自然物：如旭日東昇，西風殘照；如山廻水曲，花紅柳綠；乃至鳥飛魚躍，蟲鳴獸走，無不有其美。吾人自小便喜歡自然物，例如兒童喜歡動物園，少年喜歡郊外爬山游水，及其成年，更能深度審美。但如追問何以自然物是美的？便不易作答。實因自然物是生命之自然環境及生態環境、爲促成吾人類所以能誕生乃至演化之外層生命，或廣大之母體。至於毒蛇猛獸，假如是入山而身受其害，便生恐怖，消失美感。但假如在直昇機上看非洲叢林虎嘯獅吼，則趣味盎然。因爲毒蛇猛獸亦是生態平衡中的部分生命。

人造物：如房屋、橋樑、衣服、車輛……等，亦各有其美。同樣由於適用於人生之活動，有促進生命之充實光大的功能在。至於同一房屋式樣，有人特別欣賞，有人認爲普通。其原因在於各人之性格差異。某種式樣特別合其個人胃口，則特別喜歡；否則相反。故其美感之程度雖有別，只是個別相對的。大體上，人類欣賞自己所創造的這些宮室、衣服、器具等。除非一件衣服大得如房間，或小得使血脈不流通，而沒有人喜歡，談不上美外；實用的人造物同時也是美的。而且越適用越美。

藝術品：如文學、繪畫、音樂、雕刻……，以能表現人生（含環境事物），啓示眞理，或提昇理想，以愉悅生命，奮發向上，爲正面之美；或以能批判罪惡，諷刺邪僞，激人義憤，留人警惕，爲反面之美。反面之美，無非讓人類看到自己的缺點，而知所改進，仍然有助於人生之充實光大。故思想家之警世文章，非無美感，所不同於文藝家者在於：一是直接訴諸理性文字，一是化於感性情節。理性文字須知識修養較高之人方易領會；而感性的情節，則較庸凡者亦能在不知不覺中受其所化。另有一種悲劇，非關某人之罪之惡，只是由於某種時代，某種境遇下，交會於矛盾之命運，而產生無可奈何的失敗。此種作品可以令人一掬同情之淚，發洩哀怨感情，養成不怨天不尤人的曠達胸懷，是亦能舒暢生命，有所光大的功用，故亦爲美。甚至其感受過程，更爲曲折幽深，令人低徊不已。

制度典章：爲人生看不見的社會環境。凡適合人羣需要的典章制度，可以促使社會在安寧舒適中欣欣向榮，使羣衆的言行納入良好的規範中而造成公共的愉快氣氛，此爲典章制度之美。例如民主法治政體，所表現的人權平等、人格自由、民主風度、守法精神等都是美的；反之，一種專制極權、奴役殘殺、剝削壓迫的制度，則是醜惡的。人們形容恐怖暴君的面目爲猙獰的，其故在此。但殘暴醜惡的制度，其統治階級往往透過御用的文人，巧爲粉飾，刻意化粧，歌功頌德，以遮掩其醜，蠱惑是非，故此類失却自由的歌功頌德的文學，內容空洞，不切實際，所謂不誠無物，毫無流傳後世的可能，而適足反映其虛僞，可以說是暴政的膏藥或標記。

由上可見，美爲促成生命之充實、和諧、圓融、光大之內涵與外釆、創造與欣賞。不過，生命既有內層生命與外層生命之分，則一支文化偏向於內層生命之提昇或外層生命之發展，其成果便頗有差異。偏向於內層生命之提昇者，則文學、藝術、哲學、宗教等特別發達；偏向於外層生命之發展者，則生命環境多所改造進步，而以科學、技術、建設等蔚爲壯觀。但完美的人生，則爲二者的並籌兼顧，內外交輝，互相充實的。

中國哲學，老早視生命自體與生命環境爲一完整之大生命。小生命的意義與大生命的意義是一致的，所謂天人合德。內在生命與外在生命是一體二面，所謂心物合一。心無形，以物爲形；物無依，以心爲依。心物之間互相依存顯發。故人自達到此一精神境界後，一切先天存在的也就是美的，因爲一切存在都是生命之條件或形態，這種美學可以稱爲絕對美學、無我美學，以闡發先天存在之美。然而，由於心與物的演化推進，亦卽生命之流變，使生命之需要及環境均在轉移。一切現有之存在，於是有許多必須隨時改造，俾能生生不息，日新又新。這便須要以創造力，例如科學技術上的發明，典章制度的拓展，以達成更高的境界；而文學藝術反映並提昇此種新的境界，其作品才有更新的生命。像這一類新生事物之美，可以稱爲後天發展之美，亦卽相對美學，或有我美學。

以往的中國文化偏重先天存在之美，偏重生命自體之內在改造，欣賞存在就是美，生活卽藝術。故畫棟雕樑固然美，破廟斷橋亦是美；健康壯碩是美，多愁善病也是美；甚至濟公之髒，顏回之貧，其生活仍然是美。藝術創造到了不重形式，而重筆外或言外之無窮韻味。山水不畫眞山實水，而畫胸中山水。卽不管客觀世界如何，不問生命環境如何，生命自體滿足於其存在就是美的絕對美學中，而日益忽視生命環境（外層環境）之改造。故宮殿、寺廟等建築，均爲木質而圓融，非如西方之重岩石而挺拔。宗教之精華不在寺廟之雄偉悠久，而在於「不立文字」，「見性成佛」；文學之神髓不在於舖展百萬言之壯采，而在於五言絕句、七言絕詩；乃至繪畫之妙，千里江河長卷，曾不如字字珠璣之幾行書法。諸如此類，推而廣之，重作家之人格超過其作品，尊師在重道之上，形容老師之功能如春風化雨，不可捉摸。故中國史上最偉大的三個思想家，或爲述而不作，或其畢生所寫所記不過數千字，如老子、孔子與慧能（禪宗六祖）。但此三人之實際影響力，籠罩整個文化體，貫穿整個文化生命。甚至影響所及，今日之歐美思想界亦在其春風吹拂之下。

西方哲學對生命之觀念，偏重環境之改造，注重後天發展之美的有我美學，尤其自文藝復興之後爲然。藝術之美偏向技巧與實用。故雕刻與建築，十分突出。其文化歷史短於中國，但地上之建設物甚多。古典教堂，迄今雄風仍在。馴至今日，科技飛躍，電影電視早已淹蓋過小說詩歌，電子琴且已出世。推而廣之，其重道在尊師之上，所謂「吾愛吾師，吾更愛眞理」。重作品超過重作家，文章以字數計酬。大學教授以出版書籍之多少爲評價標準。視老師如春蠶，只要他吐絲，不吐絲則丟棄；視老師如蠟炬，淚盡而亡。如此竭力作後天之發展追求，工商業社會亦爲其環境成效或成品之一（另詳後文）。環境到了過度開發，於是出現資源枯竭、自然汚染與核武毀滅之三大文明癌症，至今未能解決。

置身於西方社會，面對着如許美侖美奐的建設，那高聳入雲的摩天大廈，那華燈璀燦的不夜之城，那蜿蜒無垠的高速公路，乃至深入九地之下的地下鐵道，橫截江流的大水壩等等，一切都已遠離自然環境，把人的精力全部洩放在人工環境的建造上，生命的內在精神反而失落去了，於是西方思想家及文學家發現到存在乃是荒謬的，自我乃是孤絕的，而開始從外層生命返回，重新探尋內層的生命。

完美的生活藝術，原是內層生命與外層生命的充實、和諧、圓滿、光大。這一原理似乎多麼簡單，然而人類的實際歷史，東方與西方，所顯示的却是一連串偏見的路線。充實光大了內在生命，但荒蕪貧乏了外在環境；或者充實光大了外在的環境，却只有荒謬孤絕的靈魂。然而，這並不是說應該拋棄工商業的社會，而返回原始。因為原始生命並不是充實光大的。要充實光大人生而使其和諧圓滿，必須在工商業的現代化社會上，成長出古典拙樸的生命情趣與空靈超逸的生命境界。以往的東方文化，如同清美的蓮花生長在污泥之中；而西方的文明，好比金碧輝煌的宮殿裏，却擺着一尊泥土的人像。嶄新的世界文明，應是內層與外層生命的充實和諧圓滿光大，也就是工商業社會的生活藝術。現在先評述工商業社會之演變及其在美學上的身價。

人類自有手工生產，便有工業；有了產品而互通有無，便有商業。所以基本上，工商業之發生，實是人類外在生命環境上的一種發展與開創，是有利於生命之充實光大的。但是隨着工具之演進，尤其蒸汽機發明之後，工商業之發達，在社會之政治經濟上却引起了病象。此卽資本家對生產工具之佔有壟斷，與商人中間利潤之盤剝，造成財富之畸形分配，所勞與所獲不能維持於合理之比例，而不利於人羣生活。換言之，舊資本主義的典章制度不是完美的，有其醜陋的一面，乃激起馬克思的偏差的暴力衝動思想。不求生命與環境之充實和諧，反求其破壞分裂。不過，隨着工商業社會科學知識之增高，科學管理，企業經營，以新生事物之態勢而出現，化解了舊資本主義的不良副作用。勞工的工作時間縮短而合理化，工作環境的改善，福利的提高，股票的大衆化，經營的專業化，勞工法之健全化，保險之制度化。於是資本分散，資本持有人與經營人分開；勞工的生產環境、生產動機與生產行爲，得到平衡；此種新資本主義的興起，使馬克思的預言落空。共產主義暴力革命不但無從由高度工商社會產生，反而向半奴隸半封建、科技幼稚、商業淺薄，以及遍地農奴的蘇俄爆發開來（一九一七年）。

二十世紀之後，新資本主義繼續發展繁榮。在其社會，一切較笨重勞苦工作，無不以機械力替代，這是人類文明上一項重大成就。「勞動者」實際上已很少眞正的用勞力了；而且每天工作不過八小時，每週僅工作五天，與企業家一樣。工人的衣食住行等物質生活，與其他各職業亦幾乎一樣。在精神上，工人批評資本家及政府之自由，遠超過共產主義國家之工人批評其統治階級——共產黨。實際上，在人類歷史上，勞動階級什麼時候能够批評其統治階級呢？如果有，那便是自現代化的工商社會始。在其社會中，「統治」兩字已面目全非，實質上僅具有民主的監督意義了。這是人類社會環境、典章制度上的美之初步實現。

由於企業經營、科學管理、科學技術之繼續演進，勞動者的工作環境及其與資產階級之關係繼續進步，使生產量具有驚人的突飛猛進。古老社會數百年的生產還不及現在一年的生產。然而凡事過猶不及，此時產生了兩個副作用。一個是生產線上，每一項工作過於單調枯燥，使工作者感到毫無趣味，例如一個工人每天每月都是爲某一種鋼板用機器鑽幾個同樣的孔，一年到頭都是如此，實在令人感到存在只是荒謬的，自我等於一顆螺絲釘那樣的死東西；另一方面，如此大量的生產力刺激人的消費量，導致拚命耗用能源，棄人類身體之合理勞動而與大自然疏離；而能源之耗用，又導致廢氣污水之大量排放，污染了生命環境。於是高度工商業社會生活又令人起了懷疑，現代詩現代畫都是反映了此一社會的精神問題；存在主義哲學對時代的批判與抗拒，亦是此一現實之反動，正如上一個世紀中葉，馬克思對舊資本主義之反動那樣。

但是到了七十年代，由於電腦技術之進步成熟，與應用之普遍化，對工商業社會生活起了革命性之改變。原有工廠的勞工，日常工作枯燥，現在轉由電腦程序控制，連操作機器的少量手工，也全部委由電腦控制，例如上述的鋼板軋孔工作，工人只要手按一次開關，那鋼板便自動上架，自動鑽孔，自動更換不同口徑的鑽頭，又自動的退下鋼板，然後再自動上另一鋼板，如此週而復始，效率更高，而工人只要坐在旁邊監視而已；他可以看小說，根本無需「勞力」，無需做機械的動作。勞工一詞的意義至此已完全消失。舊時代所說的「苦力」更早已往事如烟，不堪追憶了。在電腦的普遍運用下，人類社會第一次出現了勞動產品而不需要人的勞動力。勞工或勞動者在科學技術與科學管理、企業經營之下，獲得了眞正的解放。「勞工」們每天駕小汽車上下班，無所用心，無所用力，還可以自由的批評資本家，批評政府，乃至溫和的罷工加薪（因爲已完全沒有使用暴力或激起暴力的念頭之可能了）。馬克思如果起自九泉之下，參觀一下現代工商社會的「勞動者」生活，他眞會不敢相信自己的眼睛與頭腦；他再比較一下共產社會的勞動者的困苦生活，眞要焚燬他畢生的著作而重新寫過了。舊時代「資本家壓榨勞工血汗」這一句話已毫無意義可言，因爲工人是在空氣調節的廠房裏工作，根本不會出汗，手上還帶有手套，吃得肥肥嫩嫩的，而工作却輕鬆得連弱不禁風的林黛玉都能够做。

不獨「勞工」在工作的品質上獲得革命性的改進，各業務部門的職員，凡一切枯燥呆板的工作，都可委諸電腦運作，而巨幅提高工作效率與改善工作品質，使枯燥的感覺爲之消除。甚至連工程師的繁複數學計算，尤其聯立的高深的方程式之求解，爲人力所難於或無法勝任者，均可由電腦解決。電腦之發達使一切非創造性的工作，不管爲勞心還是勞力，一概可以代勞。於是在高級工商社會裏，最忙碌的人只是兩類人：一類是最需要創造性之思維，例如科學家、工程師、教授、企業策劃者等，他們的工作爲解決許多新問題，提供新的研究成果或方案，彼此競爭激烈。他們不是每天有做不完的工作量，而是每天被迫要提出答案解決新問題，這乃是工作品質方面的無盡挑戰；另一類忙人，則是政治人物、業務推銷人員、商務人員，尤其企業主管，每日有極多的人物要會見、要接觸、要說服，極多的定案計畫要推動、要監督、要保證獲得成效。如果說還有第三類忙人，那無非忙於兼差，賺多多益善的錢，而未必是爲了沒有麵包吃；再不然忙於休假旅遊之類了。

所以在機械力代替了勞動力，電腦運作代替了枯燥工作之後，現代化的工商業社會有了很多的空閒。這些空閒時間，使得工商業社會的文化藝術康樂等之活動，大爲擴大增强。人人每天都看了很多時間的電視，看了許多報紙雜誌。又經常聽音樂演奏會、上博物舘、進美術院、遊公園，乃至從事國內外的旅行。這一切都是非生產性的；都是增進人之知識或提供娛樂的，而間接上則提高了人的思維能力，以及促進人與人之間的了解。現代化的工商社會，不是能力强的人無所貢獻而專門剝削榨取別人的勞力；相反的，它是貢獻心力爲能力較低的人服務。正如 中山先生所說的，能力越高的人所服務的人數也越多。電腦之發明與推廣應用，正是科學家、工程師、企業家等，所提供的重大貢獻之明顯例證。至於文學作家、藝人等也是同樣的忙於創造才華之發揮，給人間帶來心理享受與理性反省。所以，現代工商社會給生命環境塑造了嶄新的美之境界，這是它的正面價值。

然而，此一現代工商社會不是沒有不良的副作用，例如電腦之發達，同樣促成了洲際飛彈之多彈頭發展，命中率之準確性亦爲之提高；其次，人類惡勞好逸的習性獲得更大的寵縱，乃至一切事務委之於機器。大部分人變得不勤於用腦用心用力，而大大刺激了能源的消耗與浪費，又大大引誘了物慾的享受；失卻對宗教莊美境界之憧憬。於是人變得更為驕奢庸俗。文學藝術之內容日趨淺薄，淪於簡單的消遣作用，缺乏深度的心靈馳騁。感官的、肌肉的、物質的方面被過分的强調；科學技術被逾量的崇拜。但宗教、詩歌、文學、藝術的眞義，亦即人類生命自體方面的價值沉隱，不大爲人所注意與了解，欣賞與嚮往。大體上只有高深的思想家、歷史家、文藝家以及特立獨行之士等，才比較懂得生命自體的內在價值，而留心於東方哲學藝術之探索，這些人例如存在主義大師海德格與雅思培、歷史家湯恩比、作家李查巴哈等。

現代工商社會的新危機是核戰毀滅、能源耗竭、自然汚染與心靈迷失。而心靈迷失偏偏與上述三大危機互爲因果，惡性循環。自上次中東石油戰爭爆發後，西方工商社會受到痛深創鉅之影響，至今後遺症仍在，且會牽連到核子大戰，彼此息息相關。這些危機也是人類自有文明以來空前未有的嚴重。它的後果關係到全人類的生死存亡，而不是歷史上的奴隸社會、封建社會、舊資本主義社會等局部性或時間性問題。更可憾的是：由於心靈迷失，所以除了少數思想家或明達之士，關懷全人類前途外，一般群衆對此並不如何關心，甚至有的根本不聞不問，好像世界陪我一起毀滅，我之死也無所謂。對於生命之認識只限於物質與肉體了。因此，前文才說現代西方文明好比金碧輝煌的宮殿裏，却只放一尊泥土的人像。

上文所評說的工商業社會，主要是上起自西方十八世紀後半期蒸汽機使用之後，下迄於今之歐美電腦時代、太空時代、核子時代，亦卽是閤秒時代。至於東方的各國工商業社會尙未進入如此階段，約相當於十九世紀中期至二十世紀初期之型態。在此型態中，現代工商社會之優點尙未全部具備或成熟，但許多缺點，尤其趨向物質享受方面，却深被感染；另一方面，古典文化，不分精華糟粕，逐漸被破壞而喪失信心；再加以人口爆炸的壓力與相對的糧食的短絀，綜合而成爲極複雜的社會諸問題，最突出的爲共產主義之動亂。所幸， 中山先生的三民主義思想，雖然形成於半世紀之前，但由於其睿智與遠見，原則上仍是集中西文化之長處，防新舊社會之流弊的完整體系，而落實於社會科學上，成爲致社會於現代化之最溫和穩健的思想，另一方面，又由於中華文化復興運動，對古典文化之精華，重新提出研探並加以肯定發揚。此不獨具有民族意義，同時亦具有世界性之意義。三民主義思想與中華文化復興，二者之結合，非但可以爲東方世界之指導思想，同樣亦可供爲整個世界之南矼；是建立工商業社會的生活藝術之原則。因爲生活之藝術爲生命及其環境，在向上拓展中所煥發出的智慧與成果，以促成生命之充實、和諧、圓滿、光大。而完整之生命爲生命自體（內層生命）及其生命環境（外層生命）之合一。故欲達成此一完美之人生，須同時具備東方哲學式的心靈與眼光，配合西方科學式的頭腦與理性，以提昇內層生命境界，並發展外層生命環境。東方哲學著作、文學藝術作品，正是內在生命精華之象徵；西方現代化的工商業社會，不論其物質建設，還是自由平等博愛、民有民治民享的政治經濟制度，正是外在生命健碩雄偉之表現。融合東西方文化精華以誕生新的世界性文化，乃是人類歷史上最偉大的嘗試。它不可能一蹴而成，必經無數的困難與努力，集無數人的心血與才華，始能逐漸實現。

亦惟有賴其逐步的進展，始能潛移默化世界之危機；而臻登於生活藝術之醇境。在現代化的工商業社會上，散發着東方哲學之智慧光芒，與文學藝術之神秘霞釆！

〔附記〕本文原爲演講稿，係應中興大學法商學院學生社團之邀，於本（六十四）年三月二十六日在該校發表之演說。此一題目，亦原由同學們商定而提出，非筆者所自訂者。可見工商業社會如何能實現生活藝術之要求，已爲時代青年所感觸到的實際問題。玆爲公諸廣大社會讀者，特將講稿修潤增益，乃成拙文，尚祈各先進賢達匡正。

（六十四年五月廿六日至廿九日中央副刊）

# 登陸火星有感

本年七月由美國的海盜一號太空船，以登陸小艇成功地初次登陸於火星上，開啓了對滿天星斗的初步訪問。前此，蘇俄雖曾於七一年與七三年先後兩度降落火星，但都是一觸卽毁，渺無音訊！

這次，海盜一號，不但安然着陸，而且接連的拍回許多黑白與彩色照片。並由人在地球上遙控修挖土機工作、進行分子分析、有機物分析等，種種事蹟有如神話。

儘管火星上究竟有無生命存在，還在繼續研探分析之中，海盜二號又將準備登陸，作更有力更適切的深入探測，其答案將一步一步地更爲引人入勝，而火星的通道及門戶旣已打開，則將來載人的星際探險，亦必將接踵而至。

回顧本世紀之初，萊特兄弟始試滑翔機，曾幾何時誰能料到今天的飛越太空的成就？尤其令人感觸的是：科學一向被認爲消除幻想神話的最有力武器。然而，當代科學却也源源不斷的創造出經驗推不倒、邏輯攻不破的嶄新神話！不要說幾百年前，僅僅對十九世紀的人來說，像漫步太空、登陸月球、洲際飛彈、心臟移植、彩色電視、電腦運算、電子顯微鏡、核子反應器，……那一樣不是神話？只不過新科技初問世時，會令人大吃一驚，以後便司空見慣，視爲平常吧，而人類卽是在如此日益飛躍演進之中，不知不覺已邁入了「神」的境界！不再與地上飛禽走獸並稱動物，而只有高等、低等之差了。正如以往的舊文明人不能稱之爲人猿或猿人一樣。

值得注意的，今天先進國與落後國之間，科學技術的差距已越來越大，而不是愈來愈小。科技不但爲今後世界競爭場合，決定存亡榮辱的關鍵，更是舊文明舊人類能否晉升爲星際神人乃至宇宙神人的階梯。超級科技文明已把文明差異轉變爲生物層界差異。今後的學術，包括文學藝術哲學宗教倫理等等，均將推展到以解釋、開啓、適應、鼓舞神人時代安身立命、創新化奇的新境界上，不能故步自封，以囿限於並滿足於舊文明舊人類爲疆界了。因爲隨着科技不斷的發展，地球上的太空神人將以接近光速或光速的一半，飛馳於銀河之間，其時種種發明與新奇環境已非今日所能預知。以太空神人回觀近世之舊文明人，將一如近世舊文明人之回觀蠻荒世界之原始人。

中華民族原是這個世界上最優秀最偉大的民族之一，策進民族復興而發展科技爲今日刻不容緩的絕頂大事。我國的經世哲學面臨太空神人時代，其情況自非先聖先賢所預知，因而必有若干需要擴充或修正的地方，但是湯銘盤上所說的「苟日新，又日新，日日新」，則是永遠正確，足可爲宇宙神人的座右銘。問題在於究竟我們日新了多少？每念及此，怎能令人一日不焦急，一日不奮揚呢？

（六十五年八月廿五日中央副刊）

# 髒亂與國恥

二十餘年來，台灣農工商業之重大進步，在國內可說是有目共睹；在國際，亦口碑載道。其進步幅度，則是一農二工三商。論人民之生活水準提高，其順序爲一衣二食三行四住。台灣人民衣着之豐，決不遜於美國，再佳則成奢侈，應適可而止；飲食之營養，亦足以養生，若美國人營養逾度，造成肥胖、高血壓等病症，又浪費食物，不足取法，所謂過猶不及；何況國人之傳統烹飪術，近於奇技淫巧，不無虛擲光陰，恣肆口腹，已不合現代化生活—新速實簡，乃至衞生之標準；台灣之行，公共交通方便，計程車又多，雖自備車不普遍，但限於海島，地少人多，亦不必朝此鑽牛角尖，倒是地下捷運系統之建設，才是努力之目標；至於住，由於人口密度過大，家庭計畫實施較晚，過去國民住宅辦理績效欠佳，形成房屋不足，但近來輿論與政府均已相當重視，正在大力鼓吹與籌措，循此途徑發展，五至十年內當可與新加坡相提並論。此外，敎育之普及、文學藝術等之進步，亦皆有可觀。

在整個生活環境中，最令人遺憾乃至引以爲恥者，却是看似微小實爲重病的髒亂問題，歸結起來有四大病源：一爲散亂垃圾，二爲縱橫明溝，三爲舊式菜市場，四爲違章建築。此亦大家有目共睹，但是歷二十餘年而少有進步。溯本窮源，對此現象，乃列祖列宗，久所耳濡目染，習慣自然，在心理上特別缺乏警覺性，於是視而不見，聽而不聞。除非一旦觀光歐美等現代化地區，突然滿目清爽，四病俱無，驚爲天國，始與羞恥之心。然此等人士畢竟占人口少數，難生大用。故縱然與論界評議紛騰，無奈仍難喚醒人心，照樣我行我素。近來對消除髒亂運動，似又陷於低潮，罕聞依章處罰髒亂行爲。欲謀澈底根絕髒亂現象，在觀念上宜正式宣布髒亂爲國恥！國恥兩字之標準，似不能專指被人侵略屠殺幾至亡國那樣低。執行單位要堅持雷厲風行，與論界要始終嚴密監督，不稍放鬆，抱定不嫌太過，只怕不及的作風，以求去此傳統痼疾，「矢勤矢勇，勿怠勿忽」，非達成社會之整齊清潔，絕不中止！

另一方面，請政府早定計畫，逐步限期取消舊式菜市場改爲超級市場，此其一；又廉價大量發售巨型塑膠袋，令每戶每日將垃圾收於袋內，到夜晚將袋口封死（如用繩子結紮），投於垃圾箱，或放於門前固定位置，以便早上由清潔隊收去，以免家家戶戶，門前院後，垃圾箱臭味飄散，蚊蠅飛舞；或垃圾車過處，沿街各戶翻倒垃圾時，不但臭氣四揚，而且塵屑亂飛，令人掩鼻而過，不忍一顧，此其二；又政府逐步限期取消明溝，改爲地下排引系統，或暫時先對明溝一律加上覆蓋，凡新建房屋四週，絕對不准設置明溝，以維衞生，此其三；至於取締違章建築，與興建國民住宅，關係密切，一並積極進行，新的違建絕對不許再生，此其四。此外，若隨地吐痰、拋棄髒物等，應鐵面無私，嚴加責罰，決不寬假，永不鬆懈。誠能如此厲行三年後，當可移風易俗，斐然可觀！

一個有朝氣的社會，一個有作爲的民族，一個有效率的政府，決不容許髒亂之長久存在。一個經濟繁榮、衣食豐裕、教育普及的國家，如果髒亂不堪，一如富家子弟，蓬頭垢面，混身穢臭，淪爲邪痞！所以，髒亂不除，國之大恥；髒亂不滅，更何足以振人心而奢言復國大業！這是一項對中國人的嚴肅而極具挑戰性的考驗，而不能以等閑小事視之。

（「今日經濟」月刊，六十四年六月號）

# 閒話電力

電力的使用，雖然早已十分普遍，但由於電的本身不可捉摸，因而社會上部分人士對電力的一些常用觀念，仍較模糊。月前，筆者參加一次會議，會中一位電機專家兼處長曾說，他接觸的高級知識分子中，有不少對電力裝置容量KW（瓩）與用電量KWH（度）分辨不清，建議「電的世界」專刊宜常對電的基本觀念及常用單位，反覆從不同角度加以說明。誠然此語不虛，我亦深有同感。記得有兩位親友，都是在國外得到博士學位，執敎高等學府，於其本行固然是專家，一般知識與見聞亦相當豐富廣博，但也先後問過我這些問題，可見還值得提出小談一下。然而，「電的世界」雙週刊是寫給社會大衆看的，文字上力求電的知識之通俗化與趣味化，筆者曾於創刊的第一期寫過一篇「電—物質世界的孫悟空」，即是迎合此原則，以小品文方式總介電的性質、功能及其歷史，今天擬亦以通俗的說法，對電力來做一番閒話。

所謂「瓩」是電功率（Electric Power）的計量單位，在電力公司方面代表發電之能力，在用戶方面表示對電力的需求程度。所謂「度」指電的能量（Electric energy）爲瓩與小時之乘積，代表實際上供應或消耗的電能。在物理上，使一磅物體移動一呎的距離，便需要一「呎・磅」的能，磅是力量的單位，「呎·磅」是能量的單位，二者關係雖然密切，但彼此却是兩個不同的東西。電力之形態非常特殊，它的存在隨着時間而流動交變，但不可見不可聞。在直流電力中，情形還比較簡單些，一個瓩是一千個瓦特。而瓦特則是電流（單位爲安培）與電壓（單位爲伏特）相乘之積；但在交流電力中，情形變得相當複雜，它介入了一個叫人傷透腦筋的因素—相角(Phase angle)，這傢伙使得電的世界開出「交流電路」，無論在有線電力或無線電波的網路中，「相角」是一切複雜性的根源，它極爲抽象，意指電流、電壓等自身交變之時序，以及線路上的線圈、電容器等促使電流電壓產生相應的時序，乃至發電機的線圈繞組等內部構造引起交流電之所以爲交流電的特有性徵—時序，中文譯爲「相角」，似乎太奇形怪狀而又不知所云，實在無法望文生義。像這樣抽象的東西，原非文字易於描述，它的性質與數值只能以複數（含虛數與實數）代表「向量」與交叉的「角度」來計算，這也就是它所以然有了「角」字的原因；至於那個「相」字，既非「看相」之相，亦非「首相」之相，這「相」字似乎可以哲學尤其佛學上的「相」字的意義來借用，較爲適當。此「相」指由人之心依外界事物所生起的「形相」，故極抽象的事物，只要人心可以思議的，便成一個「相」。那末，交流電透過高等數字—以複數爲基礎的微分方程式，所描繪出來的電的時序之形相圖，可以恰當而精確地掌握了電的描象結構，它就好比有「相」有「角」的具體物象，再不是不可思議的虛無飄渺的空洞東西了。這一段話是教科書上所沒有的，我所以要說了這一大堆，因爲交流「電功率」中，除了電流與電壓相乘外，還要再乘上一個因素—「功率因素」(Power factor)，這「功率因素」裏便包含了上面那個惱人的傢伙—「相角」，於是才不得不對它的詭異身世，略作介紹，現在暫且請它坐到一邊。

回過頭來再談「電功率」(Electric Power)一詞，就「力」方面看，翻譯作「電力」；就「能」的一面看，便翻譯爲「電功率」。在物理上，「能」是可以轉化做「功」(work)的，「功」就是消耗的「能」所有的成績，「功率」也就是「能」對時間的變率，或者每單位時間做功的能力。爲了不牽涉到太多的專有名詞，具體的一句話，「電功率」本身並不就等於「能」，如以機械力相比，一瓩的「電功率」相當於一·三四馬力。所謂工商業與家庭用電量（度），也可以說是「電力」（瓩）對各用戶在時間上所做的「電功」；反之，各用戶電氣設備，各個標明所需「電力」或「功率」多少瓦特或瓩，也就是用戶所需要的「電功率」。

到此，我想用一種非常通俗的比喻來說「瓩」或「度」的關係。設有王君在某機關任職，月薪一萬元（單位爲元／月），這表示王君賺錢的「能力」，其一年總收入爲十二萬元，則可說王君的賺錢「能量」。不過王君雖有此賺錢能力，却未必都化爲實際的金錢，假如王君因事或因病請假，留職停薪一年，則王君月薪仍爲每月一萬元，而全年實際收入却等於零！所以，說到發電，假如一部燃油的發電機，其裝置容量爲十萬瓩，但因缺油而不能運轉，則其全年發電量爲零。反之，假如在偏僻的山區裝一部發電機，而附近人家都無電器可用，發電機在運轉發電，但無用戶消耗其能量，這發電機便只是空轉（沒有外在的「負載」），除了發電機自己轉動及內部「銅損」「鐵損」等耗費能量外，變成有力無處用，這好比那個王君還是單身漢，妻子兒女俱無，他除了本身的消耗外，錢是用不出去，他的「功」也就表現不出來！所不同的，錢賺到手，不用可以存到銀行，除了本錢還可以生利息；但是在電力系統中，假如電力設備過分充裕，工業生產停滯或減產，那麼多餘的電力，不但不能生利息，連本錢也較難存起來，而形成電力的浪費。這時候就要積極的推廣用電，促進生產，促進有益的消耗，這好比王君四出交女朋友，今天請吃飯，明天請看電影，多方拓展，以便成家，使有「負載」（在人事上稱為「負擔」）。

還有一種情形：電力剛好够供應（並有一些備用容量），但用戶的用電，却是參差不齊，例如一天二十四小時內，晚上七、八點鐘的時候，各商店及家庭電器大多用上，到了深夜之後，商業區昏昏暗暗，每個家庭也都關燈睡覺，但電力公司的發電機還是運轉，此亦為一種浪費，於是便要講究電力調度，把較小的或易於操作的發電機停掉或減載。此外，大電力系統中，用於基本負載的（主要為工業用電），常是大火力電廠，或者核能電廠，每當系統中用戶負載落峯時候（意即用電很少，如深夜時分），可利用「抽蓄水力」電廠，把電能儲存起來變為水的位能，到了尖峯負載時，再把「抽蓄水力」的水放出來，轉動發電機，以供尖峯需要，這抽蓄水力好比是電力的銀行。不過，「抽蓄水力」發電與一般所說的「水力發電」不同。一般水力發電是在山的下游建水庫，阻截上游之水，作為發電使用。「抽蓄水力」則是在山上或高地建蓄水庫，當用電落峯時，利用大火力或核能電廠的多餘電力開動抽水馬達，將低地的池水或湖水抽到高地或山上的水庫去，所以是先使水往上流！也就是把電能轉變爲高水位的水之位能，待到尖峯用電時，關掉抽水馬達，開動水力發電機，那山上水庫的水就變爲一般水力發電那樣，往下面回流而變爲電能了，有進有出，所以說它的功用像銀行採取零存零付方式。所差的是不能生一點利息，也不能百分之百保有剩餘的本錢，而有一些損耗，這好比還要付手續費，但總比完全的浪費好多了。

現代由於工商業發達，及家庭用電需求激增，一個社會的電力需求（瓩）與用電消耗（度），至爲龐大，所以新的火力發電機，其裝置容量在三十萬瓩以上的已很普遍，五十萬瓩的亦屢見不鮮。一個大火力電廠之總容量達一百萬瓩，設置於負載多的地區，更是符合經濟原則，例如臺電公司的大林發電廠（在高雄），就是現代化的巨型火力發電廠，裝置五部發電機，每部由三十萬瓩到五十萬瓩不等，總容量爲一八五萬瓩，已在運轉中者有四部發電機，容量一三五萬瓩，另一部繼續裝置中。至於核能發電機，容量更大，例如臺電公司興建中的北部核能一廠，其容量爲一二七萬二千瓩（僅裝兩部發電機）。北部核能二廠其容量更大。核能電廠之最後成本（含燃料等一切成本），較火力電廠爲低，對自然污染亦較火力電廠爲輕微。現在世界趨勢，大的電力系統，是運用火力與核力相配合；所謂能源之多元化。至於水力發電，雖然其單機發電能力不及火力龐大，尤不能與核力相比，但因具有灌溉、防洪等功用，爲多目標之建設，在現代大電力系統中，又具有擔負尖峯電力負載的方便，復値此能源危機與環境污染的時代，水力發電之地位轉趨重要。在過去能源充足時期，火力發電激增，水力發電曾經一度幾乎被打入冷宮，現在又被重新估計，力謀盡量開發，恨不得：「千山泉水皆發電，大江東去不枉流！」近年臺電公司連續完成青山發電廠、達見大水壩、德基發電廠，其發電容量在六十萬瓩以上，爲本省最大的兩個水力發電廠，亦爲臺灣工程建設上大事之一。當前世界電力開發與運用形勢，大體上，是以核能爲先鋒，火力爲中堅，水力爲後衛，至於其他能源，如風力、潮力、地熱、太陽能等等，有的尚在研究階段，有的因不很經濟，在實用上僅居於小數量的象徵地位。臺灣電力之開發與建設，亦走的此一潮流方向，主管諸公，甚具眼光與魄力。試一回顧本省光復初期，可利用之原有電力裝置容量尚不及七萬二千瓩，到去年（六十三年）底，裝置容量已高達四三六萬瓩（指均已完成而在運轉中者；興建中或將完成者不計在內），前後激增六十三倍之巨，爲同時期舉世各國所罕見，便可得一具體印象。現在電力供應能力極爲充沛，用電普及率且達人口的百分之九十七點八，較之先進國家無愧色。因此，我國電力建設，如以「燦然可觀」四字來形容，應非溢美之詞。

（民國六十四年四月五日中央日報第十版）

# 知識

世界上最神奇的東西，恐怕無過於知識了。人人內心都可以證驗它的存在，但它却是飄渺空靈而無可捉摸。書本文字還只算做知識的留影，它本身則僅能湧現或燦發於文明人的知性上。它的種類繁多而且不斷增殖，有分裂式的，也有融合式的。它是那麼遼闊無垠，乃至高而無極，深而無底。

沒有知識之前的人類確是動物，也只是動物。有了知識之後的人類却產生了質變，始能建立具體的文明，創造了數不清的器具文物而產生了量變，使本來空無所有的人類生活變得豐富起來。牠已不再是動物而是介於神與動物之間的人。

從物理觀點看宇宙，宇宙的變化常從量變到質變；但從知識本身看世界，世界却往往從質變到量變。因爲我們所看到的是世界，而不是宇宙。宇宙是看不見的，宇宙只有透過人的知識，才湧現出具體的有意義的形象來，那已是世界了。宇宙雖有實體，但幾乎只是個假想的名詞，有如任何人都無法看到未曾生出自己之前的父母，那時的父母永遠只能存在於嗣後主觀的想像中。

意識與存在是宇宙人生的兩大範疇，而意識實際上是以知識爲內容，存在則以暴力爲底子。

（從物理看，宇宙是一大力場）。知識代表上帝，暴力代表魔鬼。究竟是存在決定意識，還是意識決定存在，抑或二者融合爲一而互爲因果相反相成呢？我以爲這倒很像月有陰晴圓缺，水有漲落進退，它倆是盈虛消長，負陰抱陽的。不過知識爲陽，它是光明的理性；暴力爲陰，它是愚暗的惰性。不幸人類文明到十九世紀中葉及其後，時値月缺花殘水落。馬克思强調存在決定意識，達爾文提出生存競爭，尼采宣稱上帝死亡（其實上帝與魔鬼都不會死亡，而只有隱退）。科學雖然重視知識，但只限於片面的知識，非整全的圓融的知識，像黑夜裏的一彎眉月，致使暴力乘虛而入。列寧的陰風捲起了魔鬼幻化的誘惑與威脅，於是那個時代，許多知識分子迷失了，群衆被裹脅了。但是，人類的知性仍在。不過，科學的知識是外爍的，哲學的知識則是內發的。當存在的暴力達到某一限度後，一股發自內心的理知會自動升騰起來，以與外在的科學知識相結合，產生了新的理性力量，像一個滿月的銀輝，帶給人類團圓的喜悅，而不是分裂、仇恨與鬥爭。

雖然在生物界，生存之道並不是知識，因爲一切生物除了人均無知識，蟑螂螞蟻以其無知而存在了數億年之久，即使窮未來之際，牠還是比人類更適於生存，但這不是優勝劣敗，達爾文也只說適者生存，並沒有說優者生存，而無知的生存根本就是無意義的。人類懂得求知，求知主要是爲了提昇生命境界，使人變化氣質，內而超越自我，外而遨遊太空，都非正確而圓滿的知識（含哲學與科學）莫辦。當一個民族的知識普遍高漲之時，理性必然昌明，暴力則隨之消退，那便是意識決定存在的社會。一個知而後行的社會。而且知識越多，求新知越容易，這一點很像資本越多，生意越好做一樣，乃至知識本身也會自動生出知識的利息。一個數學家只要用幾條基本假設，可以關起門來演繹出一部數學來；一個學貫天人的大哲，可以觸目生出新學問，也可以閉目醞釀出新境界；現代的科學家比起十八世紀的科學家，求知的效率起碼要高十倍以上。知識可以說是上帝的權杖，宇宙的秘鑰，人生的瑰寶。人之所以異於禽獸者，關鍵卽在於知識。片面的知識可以累積成爲一種學術，全面的知識則能構成人生的大智慧。

（民國六十六年八月十七日中央副刊）

# 現代文明的姿采

一個傾心秋天景色的人，應該特別喜愛現代文明，這裏所說的秋天，是指四季分明的那一段冷雋清麗之秋，那種「一泓秋水照人寒」，那種「霜染菊花肥」的眞正秋天，因爲現代文明是從理性經過科學歸結到工業，它所塑造的社會，正是那樣冷雋清麗的氣質氛圍。

然而秋天在自然界，蘊蓄着一股肅殺之氣，表現出草木凋落，黃葉飄零，難怪是古代用以行刑的季節，剛好在現代文明中，理性令人冷靜，科學令人絕情，工業令人現實。

人對於季節有所偏愛，人對於各種型態的文明社會也一樣的有所愛憎，因而對某種文明的批評，實際上也只是各人的主觀意義居多。但是，有些必然的現象却需要人們的了解，像電視就是現代文明必然的新生事物，它顯示那樣冷雋清麗的影像與效果，而不像長篇小說那樣柳暗花明，此恨綿綿。電視既然盛行了，小說便必然沒落了，這是一點也不值得抱怨的。正如同沒有人會抱怨在秋高氣爽，遠足登山時候，聽不到燕子的呢喃。

京戲爲什麼也沒落而少有觀衆呢？因爲他——她每唱一句詞要拖上好半天，那不是時代的節奏；又像是綿綿的春雨如何能配襯那瀟爽的秋山？至於繁花似錦的交響樂，也同樣的遠離街頭的人群，代之而起的是風捲殘葉般時代歌曲的颯颯秋聲。

工業社會流動性與變易性極大，大家庭制度到此必然要壽終正寢。親友的別離，再不會來個陽關三叠，一曲渭城。因爲人們經常結識新同事新朋友，天南地北的聚散無常，在一連串的握手中已經過了多少次的歡迎與歡送了。

交通發達，電話普遍，工業大城的應召女郎也就必然興起，她們的生活亦如電視節目那樣，要控制時間。萍水相逢，落花流水，來是無言去絕踪。乃至脫衣舞之類，在嚴肅匆忙的現代文明裏，都無可諱言的出現於先進社會，給冷雋的舞臺激起幾點清麗的火花。

許多東方社會，那農耕時代楊柳依依的春季文明，已逐漸褪盡殘粧，但「霜葉紅於二月花」式的科技文明尚未眞正來臨，令人有不春不秋的混亂感覺。儘管它們拚命的模仿歐美社會，而二者之間却有着根本的差異。

時代的潮流洶湧，正象徵着季節的氣氛逐漸擴大增强。一方面文明是人類所主觀創造的，另一方面却有其不期然而然的客觀歸趨。只是白種人的民族性似乎更爲冷雋清麗，於是現代文明之風也就從西方捲起。至於它到底會風行多久呢？似乎還沒有人預報得出。

（民國六十六年六月二十日中國時報副刊）

# 迷的哲學

想想兒童都那麼着迷於玩具，得到時好不開心，失去時好不傷心，但等到長大成人後，你送給他玩具，他還玩得起來嗎？而且覺得當初簡直是迷妄得可笑。其實，人生有什麼事不是如此呢？大如愛情、事業、名位、權勢、學術，小至釣魚、蒔花、養鳥、打球、下棋，莫不與此大同小異，總是一個迷字當頭。等到事過境遷，一旦眞的超越它時，便覺得也不過如此。所謂種種的意義、偉大、永恆之類，宛然只是迷中的夢囈。

生命本是一場迷夢，不外乎自我主觀的執迷與虛妄，悲觀的人做的是一場褪色的夢，樂觀的人做的是一場生色的夢。可是，如果什麼都不迷的人，一切都超越透徹了，又將如何呢？他既無此中苦，亦無此中樂，生命好像變得不存在了。沒有夢，沒有一切，那麼智者所追求到的似乎也只是一場空！原來生命的自我本質就是種種變色的迷，它既是留不得，可也是破不得，竟然是無可奈何的，吊人胃口的，奇異而有趣的玩藝兒。

不信且看：智慧的老子在人間無所迷了，只好騎牛出關，不知所終，免不了覺得生命無聊豈非破不得？渡世的佛陀，辦完法事，儘管衆生還有百分之九十九點九九不曾渡脫，也不得不入涅槃，空空如也。縱然將來倒駕慈航，再返人世，也不過重複那痛苦的老把戲，還是空空如也；耶穌超昇天國去了，天國無非另一場令人着迷的玩具世界。既然天天住天國，亦無新的希望可言，頂多坐着等待世界末日，好來審判世人，看人毀滅，如此幸災樂禍，所謂神聖竟也這樣幼稚。

話再說回來。歌德從失戀中得到文學——「少年維特之煩惱」；司馬相如從販賣文學中得到愛情——釣上了卓文君。文學與愛情豈不如美鈔兌法郎相類似？溫莎公爵以江山交換美人——辛浦森夫人；越王勾踐以美人套取江山——滅吳復國。政治與美色，孰高孰低？也只是各有所執迷而已，何必誰嘲笑誰呢？

科學家着迷於追求眞理，似乎欲與上帝比清高；但看他對諾貝爾獎金又那麼貪迷，這跟小孩想着爸爸口袋中的錢，買心愛的玩具差多少？至於眞理追求到了，到底於人生有何大益？亦難定論。試看人類文明累積了數千年之久，然而人類的煩惱與問題，並沒有比初民乃至其他動物少。難怪空前偉大的科學家愛因斯坦，竟亦悔恨自己當科學家，而寧願來生只要做一名鉛管匠。小工實在並不比科學家差呀，只是所懷的迷夢不同罷了。其實，除了傷天害理的迷夢外，生命是越迷越有勁越有趣。

看來人生不能無迷，迷才能創造人生。在同一個時代大多數人同迷共好的事物，便形成某種價值的潮流。潮流在人生迷茫大海中進退起伏，蔚爲壯觀，衝刷下岸邊的痕跡，那就是可歌可泣的人類文明的歷史。這歷史隨着不同之迷者而有不同的解釋，於是歷史也在迷夢中吊人胃口而不斷變色。

（民國六十六年六月三十日中國時報副刊）

# 崇洋而不媚外

庚子拳亂是一道分水嶺，把中國從排外轉變為媚外，近則獻媚東洋的日本，遠則獻媚大西洋彼岸的英法德，與乎太平洋那邊的美國，乃至另一個似洋非洋，非洋亦洋的蘇俄。從被侵略而勉强崇洋，到甘心媚外而再受其政治經濟或文化等各種不同形態的侵略。

崇洋與媚外不是一個問題，而是兩個不同的問題，國人何以把它們連成一詞。因為文化的核心是系統的知識，當我們的知識落後於外洋時，自不能不學習外國而成為崇洋。反之，像巴基斯坦或者非洲某些茅草國，又有誰去崇尚呢？崇洋不會崇到印度洋的。學問也像流水那樣，從上游流向下游，有其客觀規律。誰不願自己國家居於上游文化，讓別人來崇？像歷史上的盛唐，因為那時的中國人學問的確超過外邦。今天有人為了民族尊嚴，專在表面上的字眼爭面子，而不從全民根本上的學問下功夫，那又何補於實際？文化的重點不在於穿旗袍好看，還是穿洋裝好看，而在於誰的圖書館裡面的東西更豐富？誰的農產品更多？工業品更進步？誰的公共建設更優？公園更美？誰的運動場音樂廳更雄偉豪華等等。假如一個國家連幾條排水溝都做不好，隨便一陣大雨便把老百姓淹得死去活來，光會奢談烹飪美食，服裝展覽，醉生夢死，寫些空洞的文化浮辭，就能算是文化大國嗎?

中國的傳統派、西化派、俄化派，都一一的失敗了，另有一位學者說得很動聽，要超越西化俄化傳統而前進，但如何超越呢?學問是脚踏實地累積而成，假如你的火箭還射不出同溫層，又怎能超越月球火星?因爲超越之前必先追上，追上之前必先學習，何能憑空超越?實則提倡「超越論」的學者，他自己平生便讀過很多的洋書，有很好的洋學問，而不是只讀中國書便能想出「超越論」的。故學問上的崇洋已是不可抗拒的天理，勉强排斥徒然故步自封而已。要想改變，只有中國人的平均學問水準能超過西洋，則崇洋者亦必立刻倒過來變爲崇土了。

崇洋無可厚非，可厚非的是媚外。媚外只是一味獻媚，對人家的學問無所見，而只見人家的牛仔褲便以爲天下之至美了，只見人家的强力膠便以爲天下之至樂了。不會創造，只會享受。如此這般的。百年來的中國壞在媚外，而不在崇洋。實際上崇洋的人很少，而媚外的人很多。媚外使民族永無出頭的日子，只能永遠做洋奴;崇洋則還有希望將來能够青出於藍而更勝於藍。

君子不恥下問，三人行必有我師，崇洋之眞義亦在此。媚外則徒羡洋人之外表或糟粕而亦步亦趨。願國人於毫厘千里之間的崇洋與媚外兩個問題能善加區別，行其所當行，反其所當反，則文化大國的理想總有一天會現實的。

(民國六十六年十月二十七日中國時報副刊)

# 遲暮的星辰

太空星辰對人類文明始終佔有決定性的影響。世界各民族遠古的傳說，都導源自有關太空星辰的神話，至今科學文明的先鋒，也仍然指向渺茫的星際。不過，早期的太空星辰對人類的啓示，在於勾引神秘感、崇慕感、皈依感，尤其黑夜來臨時，大地上充滿了恐怖，此時仰望着閃爍的滿天星斗，眞不知可以得到多少的嚮往與安慰，再加上撩人的月光，對於青春的人類醞釀着無盡的誘惑，於是宗教、詩歌、藝術、哲學，也就盎然繁興，像一個荳蔻年華的少女懷着不可捉摸的美夢；知識雖然並不成熟，生命却是豐腴而洋溢着性靈情感的氣氛。在那些時代，詩人是她的情侶。

數學是那麼抽象，那麼與生命生疏無緣，更幾乎是女性青春的尅星，他好像不食人間煙火的荒野幽靈，也許太寂寞了，不得不在天上的星辰中施展幻想，近乎一廂情願的單相思，如此日久年深，在一個偶然的機會裡，偶然的强求裡發生偶然的結合，數學家竟然把他的精華射入了太空天體，這一下可眞是非同小可，因爲近代天文學就這樣珠胎暗結了，星辰第一次被規範於不苟言笑的數學定律中。換一句話說，數學是近代科學之父，晨辰則是近代科學之母，而近代天文學便是大女兒，還有一點兒像母親，至於近代物理學則是次子，像極了父親，乃至接連着弟妹兒孫成群，各門科學技術以等比級數繁殖，於是太空星辰在人類想像中褪盡了少女時期詩歌藝術哲學宗教的色彩，而且逐漸的遲暮了。君不見月亮出現了滿面皺紋，金星火星也都那麼憔悴，衆星辰都失去了當年的青春氣息。今天，人們很少再躺在草地上仰望太空星辰而咀嚼生命的美夢。老情侶的詩人早被放逐了，幽禁在鋼筋水泥牆裡，斷了對星辰的一切夢幻。

父系的數學因子使文明冷酷，他沒有愛，但有一個奇異的嗜好，要計算盡太空中的一切，從星辰形成時原子核裡面微粒子的波射，到宇宙邊緣太空的超光速膨脹；除此之外則渴望尋找一個有着生命存在的星球，因爲從理論的計算，那種星球應該有，而且還不少，只是太渺茫難找了。

現代人類似乎只有在找到奇異的鳥語花香的星球時，才能在蒼老的太空中重現對星辰的青春美夢，也只有那個時候，垂死的現代詩人才能夠復活，並且抛開墨水淋漓但靈感枯澀的原子筆，重揮那久已塵封的彩虹飛射的心靈之筆，爲人類譜一曲重燃情焰的星際戀歌，好坐上太空船航奔昔日情侶——太空星辰的懷抱。

（民國六十六年七月十二日中國時報副刊）

# 自制與法治

民主爲近代世界的潮流，自由更是人類的共同願望；然而在這個地球上，卻有些地區是反潮流的與違背願望的，相形之下，那些享有自由與民主的樂土，該如何珍惜自由之花、民主之果，進而培育更瑰麗的花、更豐碩的果。

愛花的人很少也同樣愛枝幹的，許多愛自由的人往往忘記了自制；吃水果的人儘管不吃種子，但種子若是都拋棄之後，第二代的果實又從何而來？這話似乎太淺顯，可是享受民主的人有多少先感念法治呢？

沒有法治的民主，只不過是一群烏合之衆的暴民，人人都是桀驁不馴，最終將受一群邪惡集團運用暴力控制，而墮落爲一個無法無天、惟力是從的社會，民主也就宣告死亡。沒有自制的自由，則自由一詞只不過作爲自私的粉飾與護符。人間有許多罪惡之路是超逸於法律軌道之外，一個守法而逍遙法外的惡人，無形中對社會長期腐蝕的力量，大於一個受法律制裁而僅短暫爲害社會的搶刼犯。實質上，自由如無理性的自制力量的支持，它將迅速的枯萎消亡，淪落爲自私而無恥的社會，互相猜忌與輕鄙。因爲連那一現的曇花，都還要有一個軟弱的枝葉來撐持，何況自由之花怎能沒有堅強秀挺的理性枝幹呢？

儘管法治爲民主的根荄，自制爲自由的枝幹。然而長久以來，社會上只聽慣了對自由的禮讚，而不聞自制的廻響；只放縱着對民主的歡笑，而沈寂着法治的呼喚。自由民主的西潮衝擊中國幾達一世紀之久，仁人志士爲之捐軀瀝血者，史迹斑斑。我們今天所能享受的自由民主，主要的還是拜受先賢先烈之力而作移花接木式的培植所賜，正是「前人種樹，後人乘涼」，然而歷史要靠不斷的創造，永遠只做坐而乘涼的人，有何意思？不但愧對先人，更無法對下一代維持自尊。我們應多向法治之田野大量撒下本國的民主新苗，更要在本身內在理性的自制枝頭萌發自由的蓓蕾。

此地是中國惟一留有一部民主憲法根荄之所在，又是中國惟一自由生活的天地。假如有誰向社會需索更多的自由，應該請他自己先準備好同量的自制能力；假如有誰向社會要求更多的民主，也請他先走過等長的法治途徑。空口要自由，所得的自由只是一片幻境；暴力求民主，所求的民主只是一場惡夢。歷史已爲此作了見證。願大家，尤其是大衆傳播從業人員，在下筆寫自由與民主之前，先寫上雙倍的自制與法治。提高國民素質，厚植自制法治的實力，才是對自由民主的最佳保證。

（民國六十六年六月二十六日中央副刊）

編者先生：

拙文「自治與法治」承予刊布，謝謝。惟「自治」一詞被更換爲「自制」，玆略有感想，提供參考。自治可以包括自制、自淸、自律、自我反省、自我檢討等，以達到自治境界，孔子七十而隨心所欲，不逾矩，可謂自治的最高境界，有此修養，其自治精神是自然成熟而安然爲之；至於一般人則由於對人我之間了解尙欠透徹，易於發生人我對立，若順其自由，則易流於損人利己的放縱，於是在理智上需要對盲目的感情或意氣加以自制，在道德上需要作自律或自淸，此卽所謂「勉而行之，困而知之」的境界。又拙文以東西方之社會人生哲理爲依歸，故從自治達成自由，猶如從枝幹（自治）發展爲花朶（自由），享受自治等同享受自由，內心並無痛苦或勉强的感覺。例如上車要排隊循序，卽是自治精神，表現對人群的尊重、公平與關愛，現在民主先進國家的人民，對此大多已能安然行之，無需出於勉强的自制；但對於缺乏自治修養，或等而下之缺乏自制能力的人，則要繩之以法，强制執行，令他排隊，亦可哀也。

貴刊讀者，平均水準很高，甚至包括很多博學通儒、專家學者、高等知識分子，故拙文從上限着筆，以示自治乃是人生可樂的境界，而自制似乎暗示有點犧牲、勉强及痛苦等意味，或將誤認有自制的自由卽是不完整的自由，或自由打了折扣，把自制與自由看成對立的矛盾來克服。以上區區淺見，特函請指教。順頌　編綏

陳鼎環　敬上

（民國六十五年七月六日中副小簡）

# 論知性生命

宇宙間最特殊的存在乃是知性生命。物質雖爲存在，但不能自知其存在，對它自己來說，等於不存在。植物雖有生長活動，但無意識；動物雖略有意識，但無知識，故亦皆不能自知自證其存在；都不過蠢動含靈而已，可以稱之爲隱性存在。惟有產生文化之人，才開始進入知性生命之主體世界，不獨自知自證其存在，且證實萬有之存在，而融合湧現一境界，成爲顯性存在。知性生命之共同世界中，每一個人又各擁有其獨特之生活境界，由於認知程度之深廣各異，而各各認取其所能認知之價值，所謂智者見智，仁者見仁，成爲價值相對觀。但如彼此知性拓展得愈寬宏深遠時，則彼此價值觀也便愈接近，正是此理同，此心同。若說人心不同，各如其面，不過指性格之異，非指對眞理有所異。當然，此處所說知識、眞理，指各項重大原理，不指細節之知（下同），例如螺絲釘衞生紙等如何製造之類，那便隔行如隔山了，沒有人能夠全部知道的。

究極的說，價值並非漫無標準的相對，而是在知性生命發展未完全成熟時之中途狀態，才有此相對現象；如果彼此進入全知或接近全知之境界時，其價值觀便達到絕對或接近絕對之標準。這好比物理世界中，各種物體之運動速度都是相對的，其大小值隨觀測者自身速度而變。但如果是光的速度，則以任何觀測者座標系去測量，都是奇妙的恒定的常數，亦即成為各相對速度中之絕對了。

自然科學在以往的幼稚時期，同一簡單事理，學說紛繁，見解不一，但越是達到比較成熟階段，則所異者各各修正而趨於相同。今日全球之各項科學知識，見解相同者日多，而相異者日少，已是明證。至於人文知識，亦與此類似；但人文知識今天尚不够普遍發達，於是而有百家爭鳴現象；這不是壞現象，而是成長過程中之必然；更不可認定人文價值不同於物理定律，永遠只是各說各話。因為宇宙之演化，係從無知演化到有知，再從有知演化到全知，譬如人從昏睡中逐漸甦醒，以至完全清醒。人，如達到全知階段，則一切非知性之本體世界，俱與此全知者合而為一，俱屬於此全知者，故其生命已不限於一身血肉之軀，而是萬有之本體，於是全知又密合於無知，顯性重返於隱性，譬如人之進入睡眠狀態。換言之，宇宙萬有先從睡眠演變到覺醒，又從覺醒返回到睡眠，生息不已。整個宇宙萬有乃是一宏偉玄深的大生命，其本體世界乃是其睡眠之身，是寂靜之一；其現象世界乃是覺醒之身，是動變之多。各種生命各層生物，好比其身上的細胞或器官，各僅能象徵若干局部狀態，譬如吾人身上各細胞器官，各各具有生命，但不能知吾人之整全身體。人，實相當於宇宙之神經細胞，在其發展過程中，逐漸深入擴大認知宇宙，正如我們頭上腦神經從童年至成年逐漸認知自己全身，日甚一日，從困惑直到無疑。

故從心與物兩個片面看，心是覺醒之物，物是睡眠之心。心物是合一的；但這不是兩個截然不同東西合而爲一，而是本來一個東西之二種情況的表現，但在一知半解之知性程度下，才把它看作對立之二而已。故所謂心物合一，還是就形而下說的；若就形而上說，應是心物同一。又，天人是合德的；但不是人的渺小，融合到大天地中求其心安理得，而是天人本來偉大的一心一德；但因人迷夢未全醒，妄見己身之小而已，須經破醒徹悟而後顯其全眞的全身（即是宇宙萬有）。譬如我們夜夢中見有許多人，許多事物，乃至山河天地，遂誤認自己一身是渺小，外境是博大，非到漏盡夢殘，一時驚醒，不能知夢中之妄。故所謂天人合德，也是就形而下所作結論，若就形而上論，天人是一德！

須要經過哲學上的超悟與統覺，輔以各分別部門科學原理之知識，人然後始足以體認其宏偉玄深的大生命境界。於是，人之形體只成爲一階段之象徵，其眞正之本體已無可立名了。亦惟有在如此的知性生命大境界中，各種科學知識始能覓得良好的正作用，消除不良的副作用乃至負作用。因爲科學知識，無論其爲具體或抽象，均屬於形而下範疇，均不能離現象世界，所以所產生的相對效果，必是禍福相倚。例如火藥可用以炸山洞開隧道，亦必然用以製槍炮殺同類；原子核可用以發電，亦必然用以造飛彈（指核彈頭），諸如此類，不勝枚擧；除非到了有一天，大家都能認知天人一德、心物同一的境界，獲證天地是我身軀，萬物是我化身而互不相害，其禍根不能斷絕。因爲知性生命如不經過超悟與統覺以達到大生命境界，無法獲得對善惡的正確判別的慧力。例如山林中一虎殺鹿而食，人多以爲是惡，其實非惡；因爲虎無知，僅有本能盲目衝動，牠根本不知自己做了什麼，有如一陣狂風吹折一株花；可是，許多人卽引證虎殺鹿爲生物界弱肉之强食，遂又以爲人類社會如果强凌弱亦是自然之道，對二者作等量齊觀。其實人殺人固然是惡，人殺鹿亦是惡，因爲人是天地間之惟一的知性生命，故是有心相爭，有心相擇，視其心之自私與否，則有惡爭善爭之別，善擇惡擇之異。老子亦犯此病，道德經指「天地不仁，以萬物爲芻狗」，這話頗有問題。天地無知而衍生萬物，適時流變，其道無窮，有好生之德，何不仁之有？萬物無知，秉性以遂其生，各得其所，各受其正，亦無不仁之處。實際上，仁與不仁只在人類之間顯示其意義，只在人之心上判別。人之存在與演化，卽是天地之心從昏昧到淸醒，天地之心卽在於人之心。聖人成道，天地之心乃立，愚人作亂，天地之心渙散。中國道家對自然外物之超脫認識與冥契，有其精到可取之處，但對知性生命之心統攝萬有而獨開出仁之境界，則不如儒家，亦不如佛家。莊子的「吾生也有涯，而知也無涯，以有涯逐無涯，殆已」，亦是偏向於「存在」之冥化，未透徹「認識」之淸明，故其人生境界寬舒沈靜，好比返回本體之睡眠境中，澹泊瀟洒有餘，奮欣堅毅不足。佛家一心朗徹空靈，通貫衆生，故其特重「認識」，獨標般若之智（此智能通衆生之心），但觀萬衆如幻化，則尚未透徹「存在」之眞實，於生生不已，無常世界，難於掌握其邏輯性，所以必然走向形而上心靈之慈悲，而遺落存在一面之創造。儒家涵蓋存在與認識，交融心物以貫天人，修己安人以全人我，雖空靈不及佛，洒脫不如道，然而統覺之宏博高明，從容中道，獨得天地之心之至正，爕理陰陽，擔負乾坤，調和人世，捨此莫屬。集三家之長，則人間哲理，無出其右（此語只强調其高明，非否認西方哲學）。使下一層次之科學知識，一一可以歸於正位。因科學爲現象界條理秩序之學，窮究存在之客體變化，故每一部門莫不條分縷析，反覆證驗，卽其結果須經邏輯之證明（Prove），設備之驗證（test）以及第三者之現場親證（Verify）不厭其細微，不憚其偏頗，是其所長亦其所短，致任一門專家，其成就越深，其對整全人生則迷失越遠。當代雖有科際整合之興起，對於支離破碎之弊有所補救，但超越的整全之知，並不等於局部諸知之總和（百科全書只是知識記憶之彙集，不是認知上之整全），而是要統攝各局部之知後，還要整全地提昇融化出來的活生命大生命境界。這好比一個人雖然每天要飲食維生，但一個人的身心與學問人格等整全精神境界，決不等於每日各項飲食之物之總和。東方超越的整全哲理的踐悟，才是統攝諸科學知識而使其獲得正軌的力量。故哲理與科學互相依存。離開了科學知識，則哲理蹈空而未能顯用；反之，缺乏了哲理境界，則各門各項科學知識有如萬箭飛馳，分崩離析，令人痛苦迷亂。例如達爾文的進化論，原是良好的局部科學眞理，但在缺乏深邃高明哲理透視之下，變成弱肉强食，存心相殺的暴力主義的藉口；又如愛因斯坦的相對論，原亦是優美的局部科學眞理，但同樣的，流於社會變爲人間無是非的道德相對主義的基石；又如佛洛伊德的心理學，本亦有其片面人性眞理，但却變爲世間唯性主義的符護；又如馬克思的階級社會之政治經濟學說，對於社會病症，非無所見，吸收於中華道統的　中山先生學問境界中，並無什麼不正常反應，與資本主義融鑄冶煉後，且成就其民生與民權主義思想，但吸收於列寧的沙俄傳統裏頓然惡化，禍不堪言，萬箭穿心不足以形容。馬列主義如果比作毒蛇，馬克思恩格思不過蛇皮蛇肉，列寧才是毒液，史達林是毒齒。像這樣例子，實在太多，不能一一列舉。在此知識爆炸的時代，當前世界各社會受各類五花八門的知識惑亂至於極點。由於惑亂之極，乃一變而轉為精神上的虛無主義。卽使各專家有其專門知識，但不過用以糊口，時代之禍福還是難言。愛因斯坦便有一句睿智之語「專家還不是訓練有術的狗？」可謂一針見血之論。愛氏本人具有超卓而偉大的心靈，自非尋常一偏之曲的專家所能望其項背，此種心靈使愛氏較有超越與統覺的哲理觀照能力，故於宗教之神秘層境亦有所領悟，其胸襟高曠，亦非達爾文、佛洛伊德、馬克思等人所可企及。

因此，細究人間之罪惡，除極少數天生遺傳因子有毛病的劣根性外，絕大部分是導源於認知之不健全。一知半解，或一偏之見，最易引人步入歧途而深伏危機。儒家所謂「人心惟危」，非天生本質之危，而在於知識不健全的情況下所勾起的一念之差；或包圍於不穩定環境下，其知識不足破迷解惑而墮落。所謂「道心惟微」，卽是精妙深刻、高明廣博之知識修養，能够使人清明的肯定價值世界，洞徹邪惡所以產生之昏昧與悲哀，其間毫釐千里之辨，尙非單純的王陽明所說的良知所能勝任。單純的良知，對於古往簡樸的社會是非能够超越；但於當代複雜的世界各類思想，例如要超越洛伊德、馬克思等等之惑，尙需另加後天科學知識力之凌駕，而後在良知燭照之下，始能洞悉彼等所知所見在宇宙人生整全眞理中不過如井蛙夏蟲。中庸所謂「明則誠矣」，卽清明的認知，能肯定心靈之眞實，存在之摯樸，非外境浮華或偏見所能搖動，亦卽上文所說由全知而返回安息於本體。所謂「誠則明矣」，即從存在之眞實，能自發的演化到認知而全知，亦即從本體覺醒而開出現象世界。但遺憾的是從存在演化到全知，其間必經過一連串昏昧危險的一知半解階段，於是生命在困惑過程中附帶的必然引發罪惡。因此，從生命迷失之後天狀態而回觀，此即基督宗教所指的「原罪」與生俱來。從生命之解脫位置而檢討，此即佛教所指的「無明」源遠流長。故原罪與無明都是可以原諒寬恕的，只要透過虔誠的懺悔與學習以激發並提昇其知解之清明便能超越。宗教專重教化，不取刑罰；只生悲憫，不生恚恨，實植因於此，而非無緣無故濫發慈悲博愛。然而，儒家兼顧認知與存在兩問題，即儒家注意到人在演化過程中，彼此尚有賢不肖之差異，對於較爲頑冥者，如僅施知性上之教化不足令其回頭，有時反而招惹其輕慢虛驕之心。頑冥者惟知畏刑而抑制其行爲，俾培養其良好習慣，或可終身免過或寡過，垂老始能略知其所以然。但刑賞必須適量而適時，公正而廉明，然後才能收到「刑期無刑」之效果。儒家之學，溯源易經之卦，自「乾」「坤」交感，先開出「屯」之狀態，萬有混沌，諸無機物與有機物形成，陷於其形相之中。進而有「蒙」，此即知性生命起源，但處於蒙昧鮮知狀態，亦即明德未明之位，於是自感天人分裂，物我對立，對天有所惑，對物有所需，對人有所爭，此即「蒙」卦之後有「需」卦，接而有「訟」卦等。故儒家對人之處理是多方面的。修身以薰陶其人格，學習以充實其知能，刑賞以規範其行爲，執中以調理其身心（凡對立現象均以御兩執中求其平衡與溝通，如社會與個人、心與物、天與人等等）。

時至今天，萬物之靈的人，以科學之知，擁有現象世界，無論極大極小，動靜變化，均無所逃於人之睿智；回觀古典文化，又早能以哲學之知，神合本體世界，無形無相，極玄極妙，而無所沈隱遺落於人之靈慧。故集古今人類之學問，大體上已足可掌握宇宙人生之各主要眞理脈絡穴道，足可無所惑於萬有之中。外無惑於衆象紛繁，內無惑於一心玄渺。所遺憾者，人類流品駁雜，智愚賢不肖，差別頗大。即使智者，又多因從小熏習於區區之名利徵逐，故雖刻苦讀書，學一專門，卓然成家，亦不過安於一身數十年之富貴尊榮，沾沾自喜，視學術爲謀生致富之工具，罕能成爲儒家所謂智德上之「大人」，證知天地萬物爲一身。僅自坐於專門一井中，陶然自醉。當代科際整合，雖然有助於溝通擴大學術視界，譬如各井底下打通渠道，但尙祇限於科學之若干部門。其實，最大之整合，乃是打通各科學之後，又要將科學與哲學整合（廣義之哲學），俾宗敎、美學等，俱能融貫一體。亦即各井底通貫後，跳出井面，與江河湖海，山川風雲相交流，擴大深化所知境界，使宇宙人生之價値與知識，得能受社會上大部分的人所證悟與肯定，臻登人生之最高歸宿與實現人生之最大意義。

因此，就某一方面而言，可以說：哲學者，良知之學；科學者，良能之學。皆人類之演化歷程中之必然成果，夙具潛藏之種性，乘時而發，故稱之爲良知良能。古典東方哲學與現代西方科學，實人類兩千多年來之最大學術成就。東西方之文化歷史，有如世界文化之陰陽兩極。拆而散之，皆不成其完美，而徒見其悲苦。譬如空間必與時間相配；山必與水相隨；英雄必與美人相襯；天必與地相映；電磁必與陰陽兩極相貫。二千多年在一人肉體生命看來固然很長，但在宇宙乃至人類演化歷史看來，不過一瞬之間；在聖者超越之眼中，不過黃粱一夢。何古老之有？何新舊之爭？果能融貫古今之異，則現象安息於本體，良知清泰，哲趣盎然，而無所不美，無所不安（此安，係安於萬有，乃至社會相安，即仁也）；反之，本體生發於現象，則良能舒展，科技燦然，而無所不新，無所不利（此利，爲萬有之利，乃至社會互利，即義也）。故知性生命——人，乃宇宙之心府，三才之主體。値此擧世局面空前動變騷亂之大時代，良能爆發而良知隱晦的大失衡時代，在進化史上原已逐漸消退的暴力思想，此際正到了迴光返照的當兒，知識分子所面臨的歷史性使命眞是前所未有的艱鉅。因爲人類確已初步進化到「知而後行」的階段，一切行爲都將要接受完美的理知指引；而肩負理知重擔的正是知識分子群。過去兩三百年由於知識的大分工而產生強烈的知識爆發造成當代科技文明，這好比原子核分裂所產生的巨能。今後則將因知識的大融合而產生更高的知識力量，造成更輝煌的科哲文明！這好比原子核融合所引發的更巨大與更清潔的結合能。全世界的知識分子不宜再自囿於門戶之見，地盤之爭，蠅頭之利，而當積極投身於知識大融合式之大創造。惟有如此，才能徹底消解暴力而全面湧現理性，使「月落烏啼霜滿天」的哀愁時代提早結束，以迎接那「萬紫千紅總是春」的嶄新時代的光臨！

（「哲學與文化」月刊六十五年八月號）

# 論民族文化與現代化

文化現象是一生命現象（指生命精神活動），而不是物理現象。很多人將文化現象看成一種外在的生活模式，將不同國家民族間的文化交感、文化交配，看作文化交流。交流一詞轉借自物理上的氣體或液體之交流現象，是屬于一種物態的。假如一個唯物史觀的文化學家，視文化現象爲一種高層物理現象，倒不足爲奇；但若是心物一體論者，甚或有些唯心史家，也把文化現象看作物理現象，則是自我抵觸的了。

一個民族的文化，有其民族的文化性格。它與其他文化交配後，如不產生新文化則已；如產生新文化，必定與原有者不同，但也必定不可能將原有民族文化全部淸除掉。有此原因，全盤外化（不論是全盤美化或俄化等）都是不可能的，尤其在文學藝術哲學方面更是不可能的。反之，一民族文化旣與外來文化交感或交配後，而想完全保留原有文化特性也是不可能的，卽使在文學藝術方面，也是不可能的。這些，不是你喜歡不喜歡問題，而是事實上的客觀法則，不容許一廂情願的實現。新文化之誕生，正如你與配偶生兒女一樣，不可能照你的願望生下某一種兒女來。你所能做的，只在後天教育上給你的兒女若干你希望的能力與生活習慣。例如，東方民族中，日本的西化結果，與印度的西化結果，根本不相同，儘管他們同是向英美文化交配。這情形正如張三與阿花生一個小孩，李四與阿花也生一個小孩，這兩個小孩根本是兩個不同的人，他既不全是張三，也不全是李四，也不全是阿花。所能相同的只是內在的部分因子與外在的部分模式。因此一民族文化中，所具有的民族特性、地理特性、歷史特性、思想特性、社會特性，以及行為特性等，彼此特性間均有不可分割的生命體關係。故不同民族文化所表現的內在哲學、宗教、藝術、文學等，都大異其趣，僅有外在的經濟、政治、法律，乃至服裝、髮型等形式可以近似或部份相同。

一民族文化既是一種文化生命現象，故其誕生、成長與衰老，都有其生命歷程。中國文化歷史悠久，每一階段所表現的特色，亦不相同；但既為一民族文化，整體上又有一基本的共同特性，使其有別於其他的民族文化。這好比一個人，從小到老，每十年都有頗顯著的變化，但他整個人又有某些基本特性，終身不能變。美國文化原從英國文化同一根源中移植出一支，但因地理因素之異，與後來人種因素之異，發展結果便有所不同於英國文化，有如橘過江而為枳。假如文化是一種高層物理現象，便不應有如此效應。物理現象放之四海而皆同，在美國做的實驗結果，搬到任何一地一時，都應該分毫不差的。故在文化現象中，英國一系的民主思想與作風，搬到印度、日本、韓國、菲律賓、中國實驗後，根本在本質上各不相同。因為各國歷史上的不同的專制作風與民族社會思想等因子，與外來的民主思想作風結合後，產生了第二代乃至第三代的變異，既不同於固有，亦不同於外來。至於文學藝術變異之大之複雜，更不在話下了。

一民族文化生命，所包含的因子至爲複雜龐多，較之一個人的內涵因素多得多。但一個人的發展演變，自己也不見得有什麼把握完全預測與掌握。那末，一個民族文化或國家文化，與外來文化交配後所誕生的新文化實質，實難預測；只能立一個理想，使儘量客觀地予以觀察、批判與修正，俾與理想接近而已。甚至傳之數代，其子孫對此理想亦可能產生突變而更改，誰又能阻止它呢？因爲想阻止它變異的祖先，早已屍骨俱化，又有何用了。

中國原先本土文化爲中國純粹文化，但誰起先能想到東漢之後，却來了佛教文化，且與之自然交配，到唐代而誕生且發展出中印混合文化，尤其顯著的爲禪宗思想與人生態度，它的影響是全社會的、全文化領域的。但這種新生文化，當初係出於兩個民族文化的自願，故其文化交配是兩情相悅的。不過，所生出的是一種「庶子文化」，非「嫡傳文化」，故有少數人，例如韓愈起來闢佛，這種思想行爲是因潛意識中有一種否認或杯葛庶子的心理作用。

然而佛教文化既經中國文化交配而融入「文化血統」中，融入文化遺傳因素中，不管你個人喜不喜歡，它便永遠成爲民族文化的新因素，永遠也趕不掉的，其實去趕它根本便是愚昧的無知吧，實際上更沒有去趕走它的必要。因爲遠自人類發生文化開始，各民族間就一直有文化交配現象。其實現在的歐美各國文化，也都是千萬年來，許多原始文化雜交蛻變的結果，並非一塵不染的白璧獨身。美國境內不但人種複雜，其文化血統何嘗不複雜，它的文化生命根本上也就是嶄新的大雜種！而現在的日本文化，其種性尤爲複雜，有中國的、印度的、德國的、英美的、法國的，更追溯以往，則有希臘的、羅馬的、希伯來的……與其自己本土原始的各種因子在內，只是成分各各不同而已，每一代所表現的隱性顯性的作用力不同而已。文化交配現象，原是人文社會的自然現象，是文化繁殖增長的現象。除非一個荒島僻地的土著民族，千秋萬世，閉門自守，保持其原始單純文化，成爲「文化的老處女」甚至爲「文化老太婆」或「文化老光桿」，例如印第安之類，乃至非洲土著，徒有子孫，又有何用？其不滅亡，只靠外界高度文化人的垂憐罷了。

不幸的是：鴉片戰爭之後，西方文化是以暴力方式入侵中國。中國文化在毫無準備、毫無認識、毫無了解，更談不上欣賞的心情下，被西方文化急匆匆地强迫結合，這就等於一種「文化强暴」！今天，百餘年之後，包括現在活着的所有中國人，都已經或多或少，或隱或顯的包涵着西方「文化血統」在精神思想或潛意識領域裏，挖也挖不掉的。如果站在第三國的立場看，西方文化與中國文化都是世界上高度成長的優秀文化，雙方都是源遠流長，震古鑠今的人類思想精華，似此二文化之結合，本應珠聯璧合而鳳凰于飛才是。但在我們中國人心中，始終存有一份既排斥又眷戀的矛盾潛意識在作怪。爲什麼？這好比一個女人被强暴後生下的第二代，既含有一分孽種在內，又含有自己骨肉生命。怎能對之不愛恨交加，恩怨交集呢？此所以五四運動以來，中國知識分子，總是對西方文化爭吵不休，激辯不已，愛恨交加，恩怨交集，就是這種孽種心理反應。而這種强烈的民族文化的心理激動，起碼要持續五百年之久才能大體融化得無痕無跡。所以，至今大家對中西文化的爭論，彼此都有點先天上心理不正常。這是文化的自然律，不是幾句好言安慰的話所能一下平息得住的，也不是一陣陣毒駡的話所能壓服得住的。試想：當年印度的佛教文化是以神仙眷侶的身份與態度，來到中國，中國文化也以溫文儒雅的風度相應相接，在這種天人交歡下所誕生的中國新文化，韓愈等人在若干百年後，還在咬牙切齒臭駡釋迦牟尼達摩祖師；那麼本世紀這個從希臘文化混身肌肉、虎背熊腰，以丘比特之箭射入中國大門，與萊特兄弟的飛機盤旋泰山之頂的西方巨怪，態度强霸，舉止豪獷，則一千年後，中國有子孫如韓愈者，起而鬬槍鬬砲鬬肌肉，都不足爲奇，而早在意料中的，不過到那時的新韓愈早已不成氣候，早已孤掌難鳴。因爲那時中國文化的血統同樣遍歐美遍天下，誰也沒有佔誰的便宜，世界文化亦已大同小異，地球上的子孫，已難分種族之異，難分文化之界，無從清算祖先的舊帳。約翰讀唐詩，小華愛荷馬，都是極自然的日常小事呀。

所以，什麼是民族文化？它一直都藏在大家的潛意識裏的；但我們必須深一層去整理固有文化遺產，能讀懂祖先寫的書（文言文）更好；什麼是現代化？就是大量吃進西方文明，也早已留在大家的潛意識裏；但我們更要深一層去吸收西洋文化家當，能讀懂蟹行文字（英法德等之一）更好。而那固有的民族文化與西方文化結合後，所已誕生的幼小的新生命就是新的民族文化，乃至是新的世界文化的一大宗，乃至是新的現代文化的一大主流的前奏。「悟以往之不諫，知來者之可追」，我們不要太耽溺於過去中西雙方的疏忽與過失；而要振衰起弊，繼往開來，多把精力與智慧投向廣大遙遠的前路。豪傑不提當年勇，同時，英雄有淚不輕彈，一種嶄新的氣象應自今朝始！

（民國六十三月八月二十九日三十日台灣時報）

# 無我與輪迴

——兼評「登幽州台歌」

前曾見古人，後又見來者；
念天地之悠悠，獨欣然而上下！

—筆者改寫陳子昂詩（註）

人們有許多原以爲已經熟知的事物，實際上却是不知的。例如自古以來，花落果墜，被認爲理所當然，一點兒也引不起奇異之感，直到牛頓對它懷疑，並發現了重力，事物的眞理才又展露了一角。又如長久以來，我知你知他知，知之爲知之，不知爲不知，但到底「知」之本身是什麼？「不知」又是什麼？一點兒也引不起奇異之感，倒是康德對它懷疑，繼而提出了「認識論」，這個「知」却變爲極大的哲學問題，而「知」的範疇也剖析爲感性的、知性的與理性的，「認識」之眞相才又邁進了一個新境地。同樣，自有人類以來，此生彼老，此病彼死，習以爲常，不以為怪，但到底何以在萬古長空、悠悠無極的宇宙，突然有了你的存在？而人的一生，表面上宛如電光一閃，復歸於空寂！這究竟是怎麼一回事？此生死大事，較之花落果墜、你知我知等問題，尤為深刻、迫切而玄奧。無奈世人多忙，又匆匆辭世，對此世間，正是不知而來，不知而去。然而釋迦牟尼見生老病死現象，極為駭異，起天大疑心，必欲明個究竟，因而廢寢忘餐，拋妻妾，棄富貴，終於發現生命之心靈不滅，但恒在輪迴中。不過他又認為：由於「有我」（即心靈中有「我相」）所以有輪迴；一旦覺悟「無我」（即無「我相」之義。人之死亡並非「無我」，（另詳後文），則脫出輪迴。但在未悟「無我」之前，雖然身在輪迴（心懷「我相」即成輪迴之身），却不能知身在輪迴，而總以為：生是突然之來，死是斷滅之去。縱然告知輪迴之理，但自己如不起覺悟，仍然不能知。既悟「無我」而脫輪迴後，才知生命恒在輪迴之中，似乎又知之太晚了。這問題實在弔詭得很，因為它是先悟得問題的正確答案，才曉得問題的題目究竟是問什麼？故與人間一切其他問題與學問都不同。惟其如此，人們對生死問題，常易等閒錯過，因為實在沒有警覺到問題的題面到底在那裏？萬萬想不到它是先悟得答案，然後才能認識題目的人間第一玄異之事。就是這樣玄異，生命之內涵才永遠被目為最神秘的問題。又惟其如此，這問題才超越科學的範疇。科學當然可以研究生命問題，且日有進展，但那是兩回事。因為科學必先有一對象，或自己必先是一觀測者，我與對象二者分開，這就成為「有我」！一切語言符號都是「有我」的，「有我」即是有「我相」，因而亦有「人相」、「衆生相」等，即在輪迴中，即根本尚不眞知問題問什麼。但如離開對象或符號，科學卽已不成爲科學。所以，這種覺悟方法與科學方法是井水不犯河水。嚴格點說，是雲霓不犯河水，根本不碰頭，何來衝突？因此，歷來縱有爭論，實際上雙方都是離題十萬八千里的閒話，絲毫不關痛癢。

修證「無我」之學，才開始走上解脫之道路——戒、定、慧，宛然千山萬水，另有風光。但當回頭描述到這一問題時，又少不了要用到語言文字。惟若根本不用這些，則又如木頭石塊，從何着手？一用到語言文字，又已陷入輪廻大網之中。所以，這問題迴異於牛頓的花落果墜，亦迴異於康德的你知我知。釋迦牟尼所發現的原理，無從捉摸，一捉摸便有對象，便文不對題打零分。但奇的是：它又一向暗地早就在人人之自心掌握中而不自覺！有這等難言的弔詭，故佛經卷首常有一偈：「無上甚深微妙法，百千萬劫難遭遇，我今見聞得受持，願解如來眞實義」，至於是否能解如來的眞實義？這又一言難盡，而又一言多餘了。

所謂輪廻，在文字表達上，勉强指生命之心靈不滅，死是生命的一個階段之結束或沉潛，然後轉入另一個生命階段。這另一個生命的誕生，與上一階段生命之間，有着必要的關連，但是二者在形相上是截然不同的個體。那末實質上到底用什麼東西介入呢？此介入「因素」（勉强用此詞），通俗上稱爲靈魂。靈魂其實是經過文藝化後的變通說法，不能直指形而上之生命靈明之內涵。因爲把靈魂說成「有」是自相牴觸的。如果靈魂實有，則成一對象，則生命爲「有我」，既是「有我」，則脫不出輪廻，脫不出輪廻，怎能見有靈魂而證明之？反之，如果說靈魂爲「無」

，亦是自相牴觸的。靈魂如無，則誰去輪迴呢？故欲了悟永恒生命，不在於靈魂，一如不在於軀體，而另有原因。

輪迴之微妙現象，主要在於生命不自知其爲「無我」。由於「無我」，也就「無你」「無他」。那末，感性上所見的我你他又是什麼？是一個「靈明全我」的多方面多層次的表現。好比（也僅能好比）一個光源，透過四面八方，各種不同曲度的鏡面與顏色（這些鏡面曲度與顏色，互相間隔，且不斷變化），因而現出許多不同的影像。每一個影像的形狀與顏色，因此也就各各不同。假想每一個影像都有感覺而會說話，那麼它們必各各自認爲我你他而不同了。又假想那些鏡面裝置是不斷迴轉，那末每一個影像，也相對地隨著不斷飄動生滅了。而每一個影像在變動到新位置時，以爲自已有了新光源（新生），而不知只有新外殼。或者從相對的立場說，有一個「光影」從這個鏡面飛出，而從另一鏡面飛入了。但只有站在中央光源的位置，或跳出鏡面，才能看清一切眞相。因此，也就是說，一切生命，只有一個同一的全我，那是本體的我，非形相的我，形而上的我，心靈的我，神奇的我。在你不爲多，在他不爲少。廣泛地成爲生命之源、之光、之宰。遍居一切的心爲大，千古不滅的心爲神，人人俱備的心爲尊（自尊心卽是靈明之神在自己內心的微量顯露）。然而，生命靈明的形而上自我，透過不同的有形的物質環境與生物形態，而成爲無數的生命影像，每個小生命又透過自身的形相之執着，把「形相我」誤認爲「本質我」。這「形相我」居於未覺悟的地位。所謂「在迷爲凡」，只從感性與知性的範疇，去想像與思維那永恒無邊的形上全我，遂只能認爲那個「東西」是外在的，於是竟把神或佛或明德等，都與凡俗生命在認識上割裂了，所謂「道不遠人，人自遠」。等到個體生命衰老，形相滅亡時，又誤認爲自己實質生命死滅斷絕了。教他如何不悲從中來？實際上只是個體形相之移位與變遷，但就此生彼死之運動相對性看，宛然自我小生命在輪廻。其實眞生命、大生命，卽是靈明朗澈，無形無相，隨境生心，因物起感。卽是無我，原應處處同一，但生命個體則是心物合一，所感不同。故後一個生命之境界，如與前一個生命境界等値或等高，則後一個生命卽成爲前一個生命之輪廻身。至於所謂兇暴之人，死後淪爲猛獸；愚蠢之人，死後淪爲蟲蟻，而且「一失人身，萬劫不復」，則是向下一着通俗的粗淺的遷就的說法。從表面驟然聽來，刺耳難聞吧？但若從覺悟層次看，美妙無間；從沉迷層次看，杆格重重。然而，理有萬端，筆惟一路，下面還要逐步而面面說及。

從現代素樸的物理世界看，物性宇宙爲一熱力、電磁力、介子力、重力等交作的一大力場。萬物（此處不含生命之靈知）只是不同的力之函數。因宇宙力之存在，才表現出空間與時間諸現象。故當星雲奔離時，空間隨著膨脹；當系統速度變化時，時間隨著快慢。萬物不是放在呆板平直的時空裏，而是時空反而爲萬物之表相，而有皺曲伸縮。假設宇宙萬物全部消失等於零，則時空亦隨之收縮等於零而烏有了。但從另一方面靈明之一端看，當萬物之結構演化複雜到足够的程度時，能與永恒遍在的大生命的靈明起感應，此種心物相互感應力之大小，名爲生命力之大小，成爲精神。故小細菌有其微量的生命意義，植物有其較大之生命意義，動物又有其更進一層的生命意義，人類有非常高層次的生命意義（卽靈明最顯著）。所謂靈明，是靈知，是神明，不是物理上的能。它不能用任何儀器偵察，而只有人類之高深覺悟時而自知，故從另一觀點看，也可以說人類本身才是惟一能偵測它的活「儀器」。透過生命之心靈的認識，隱藏的物理世界才被顯發而成爲可見的存在。並不是只靠物質自身能演化出心靈來，而後回觀物質自己。物理世界如無觀測者心靈之觀測，它是無所謂存在，或是不可見的存在，或是無意義的存在。任何人（包括唯物論者）一說「物理世界」，這物理世界便已透過他的心靈而顯發了。故心靈雖不能憑空硬造一個物質世界，但套一句文藝式的寫法，心靈在你身上吹一口氣，却把看不見的物質世界活生生地顯現起來，也等於說恩同再造了。故提起任何一物，莫不已經含在心內（「提起」二字就是「物」被你之「心」提起而融合爲一了）。反之，只要擧心動念，亦莫不含有物之作用在內。分析起來，就作用上看，宇宙人生是雙重的二元的存在與演化，但就心物合一的本體看，却是一元的大生命實存與演化。然而，單就「研究」之立場，一時撇開心，或忘記心，或甚至不知心之存在，而單單研究物性物理，則並無不可；但若自己既用「心」看到「物」，却反過來一口否定心，只認宇宙人生全是由物創造顯示出來的，其愚迷却是好笑的了。反之，單就「覺悟」之立場，一時分離開物，或忘記物，或甚至否認物之存在，而單單當下覺悟心性靈性，自亦無不可；但若自己明明是血肉之軀，日日飲「水」食「物」，却反過來一口否定物，只認宇宙人生全是由心或神（普遍而超越之心靈卽是神）所創造的，這也不是很好笑的嗎？然而好笑過後，再嚴肅多想，彼此又各有無可奈何的缺憾在。因爲宇宙人生之大、之深、之玄，思想家們在其中某一條路上迷失方向，亦是常事。當他們的精神，求得物而迷昧於心，或求得心而迷昧於物，都是不足爲奇的。（不過，嚴格點說，物質之對立是心靈，而不是精神；精神是心物交感合一下之生命現象之一。唯物論者不是沒有精神，而是不識自己心靈，當然更不識普遍心靈）。要緊的是：要把「研究之道」與「生活之道」二者分別清楚。何謂「生活之道」？中國哲學思想之主流，從易經到孔老二氏，大體上都是燮理陰陽，執兩用中，天人交感，心物合一的。這就是生命的生活之道，是非常正常的，與天地同流合拍的。惟其如此，分離不開心而單去追研物，故於物之性，遂亦不够深入；又分離不開物而單去直揭心，故於心之性，遂亦不够透澈。中國歷史之所以不曾出蒲郎克與愛因斯坦，亦不曾出釋迦牟尼與耶穌基督，都是事所必至，理所必然的。但是，塞翁失馬，禍福難言。無論現代西方的物質文明，還是古代西亞南亞的心性文明，由於不合於生命的「生活之道」，其文化遂都不能地久天長。他們誤把「研究之道」當作「生活之道」而不自知！試想：無物的文化豈不成爲鬼？無心的文化怎不成爲行屍？西亞南亞的心性文明，固早已衰歇；歐美的物性文明，也開始偏極而衰，今天彼此正以核飛彈指著對方的頭顱過日子，衷心惴惴不安，或根本痲木不管，能够苟活一天就算一天，這還像什麼人生？其文化內在的種種矛盾、變態、危機與崩亂，正在日益深重。可以說，一種物化文明的癌症已在形成。今後世界，有兩道特效藥，將可分別救治人類之「心靈迷失」與「生活迷失」。（關於此點，留待後文作結）。

話說回來，當人之心觀察物時，物立於客體之位，但當人之心，要自己觀察自己時，却有了重大的困難。比如眼睛看得見千萬種物，但就是看不見眼神經自己（還不是指細胞，而是指「見」，卽看不見「見」）。那末，假如以自己之心，觀照他人之心，例如從他人之行爲反應而推測其心，然後將心比心，以作爲了解自心又如何？這樣研究出來的是形而下之心，是世俗之心，不出科學的心理學範圍（此語並非否定心理學價値）。它是有「我相」、「人相」、「衆生相」的，不能了悟什麼叫做心靈之「無我」。那末，假如自己靠回憶過去而檢討之，以及對未來而推究之，專在自心內部搜索，是否卽能悟「無我」之心？此亦不能。因爲回憶過去，心靈已沉迷於過去之一切形相，推究未來，心靈又沉陷於未來之一切形相，則均不出世俗道德風教與心理科學範疇，依然有「我相」，相對的卽有「人相」、「衆生相」，仍然不能悟「無我」。到此山窮水盡之際，惟有就地離一切內外、離一切有形無形、有相無相、有思無思、有情無情，於無上甚深微妙心法中，單從當前一念扣住，而大有機關，而翻轉，而戳破，而寂然湛然，而一靈獨現，而山河俱失，時空雙亡，起「般若」慧觀（無有對象、無有形相而能自觀其觀，脫落一切塵思玄想），豁然深澈一切生命心靈，同一根源，永恒遍在。比如大海浪濤，波波相異，但同此一海水：又如日照千村，投影無窮，但其爲陽光則一（或如前文作比之中央光源）。經此生死突破，於是再觀世界，見山雖仍然是山，但亦見吾心在山；見水雖仍然是水，但亦見吾心在水；乃至見鳥而吾心在鳥，見樹而吾心在樹，見某甲而吾心在某甲，見宇宙而吾心在宇宙。於是，過去總嫌宇宙太大，悲嘆吾之身心渺小（以爲吾心只在吾身內），今則還嫌宇宙太小，因爲至多剛好等於吾心，絲毫沒有寬敞的餘地。故天晴亦吾心晴，天雨亦吾心雨，鳥飛亦吾心飛，花發亦吾心發，人樂亦吾心樂，衆苦亦吾心苦，於萬有非但見吾心，而恰恰亦是吾身。山河與大地，就是吾法身。於是，天地悠悠，卽是吾心悠悠，怡然之不暇，何悲之有？「愴然」個什麼？何處不現吾心？何時不現吾身？大化流行，妙心廣佈，何至於「愴然而涕下」？豈非一團愚痴？之所以愚痴者，由於未悟「無我」，執著「假我」，故未脫輪廻而阻隔於生死形相，把無邊永恒的心靈，自鎖於爲時數十年，爲重數十斤之軀體內，這軀體遂變爲心靈之監獄，等於判了坐牢數十年，而不是無數心靈遊樂園之一，而不是無數心靈的反射臺之一了。

在這裏，另外還有個關鍵的問題在，必須同時提出。很多人將「無我」原理，誤解且附落爲「無常」原理。所謂「無常」，例如萬象遷流，瞬息變化，滄海桑田，生老病死，於是在感性上而「前不見古人，後不見來者」。關於這一層面的了解，不獨一般詩人如此，科學家亦如此。其實這一層面只是佛家法印之一的「諸行無常」，尙不是更深一層的另一法印「諸法無我」。單懂「諸行無常」，表面上好像很達觀，很靈活，很看得開，但骨子裏將易墜爲「虛無主義」者，是非常悲觀的，頹廢的；甚至有些反而淪爲暴虐的。因爲單見一切無常，一切是空，人到死了什麼都空盡了，懷此斷滅之偏見，由是很有一部分人必起此念；人生不過數十年，應該趁未死之前，拼命多撈一點。由這一念之偏，却有了千里之失，無盡煩惱罪孽此中來。當代人類精神上之「虛無主義」情緒，瀰漫全球，可以說與科學發達，「無常」「急變」「多變」等觀念，爲之推波助浪，心中狂呼快點撈呀，空虛呀，有密切關係。因爲科學發達，除了產生有功績的正作用外，還產生兩種副作用，一爲生活上的「物質主義」（快點撈的觀念），另一爲心靈上的「虛無主義」（空虛之想法）二大病症，如痴如狂，還自以爲什麼頭腦很冷靜。然而，「讀一本書的人是危險的」，整個科學思想的結論，只相當於一本書，反映在人生思想，其效果只當得「諸行無常」一法印。但「諸行無常」主要是根源於現象界，尤其是物性世界，它當然是在動變中的（按「變」最好用易理詮釋，甚爲詞費，此處從略）。生命既是心物合一的，其中即已含有「諸行無常」的因素，故生命本身亦呈露「諸行無常」的徵象。不過，生命尚有心靈因素而使此物性世界，變爲可見可聞可思可認識的實存的、再創造的融合世界，即我們所見的世界已是物質與靈明相融合的心理世界，此所以「心理空間」不同於「物理空間」，「心理時間」不同於「物理時間」，前者涵有後者。每個人的心理世界，高低懸殊，千差萬別。有如天堂與地獄。而心靈之作用，却另有微妙的法則，這便是「諸法無我」（按「法性」是超越感性、知性與理性，但又不離此三性）。釋迦牟尼如果只悟得「諸行無常」，就算不了佛，而只是很聰明的人，或者甚至是「魔」。「我」字是因生命而起的大風波。客觀的物理事物本身，無所謂我不我，時間空間之本身，都無所謂有我無我。所以物理世界沒有什麼玄不玄的，而只是數學系統下的一堆冰冷的數字符號所規述。但生命之「我」的認識却極關重大，這是生死玄門的緊要秘匙之一。例如當人思維物理空間時，這空間已變成心理空間，已變成「有我」的空間了。一切物理現象，一經觀測者心靈之觀測，便已落入以觀測者爲座標的系統中，已不是絕對的外在了，已經融合到生命中了，都變成「有我」的了。物理學之所以絕對離不開數學，以保證其客觀，這也是其必要原因之一。但通常人一說「我」字，就單單沉迷而關閉在他那幾十斤重的身體內，而不悟那只是「假我」（身體非假，但「我」是假），「假我」不過爲「永恒遍在的眞我」的一重影子，或滄海一粟都不到（此中有兩層眞我或大我：前者爲「心靈大我」，是耶佛等宗敎之終極，後者爲「天人合一的大我」，是中國大道之終極）。

許多談佛的書，對於「無我」亦常作下列錯誤解釋：例如把幼年之我到老年之我，前後形貌思想殊異，而認爲無固定之「我」，便稱之爲「無我」，其實這應叫做「無常」，不應叫做「無我」。「無我」還不是這層意思，它是別有所指的，極玄的。用文字指謂是非常勉强，而另生迷失。因爲心靈，本是無形無相的，無時空動靜的，在無窮生命中，處處起功能，根本沒有什麼幼不幼，老不老的。發於古人，名爲古人，發於今人，名爲今人，發於來者，名爲來者，於是而見生命時間之流。乃至發於牛，名爲牛，發於魚，名爲魚，發於他，名爲他，發於我，名爲我，於是而見生命空間之佈。張三與李四之異，在於形而下之異，其爲靈爲心爲「眞我」則一，見則「一」之人，名爲「悟道」。但如既迷落於形而下，遂見張三之「我」異於李四之「我」，便入了輪廻。實則不過透過生命形體結構之異，其表現力（精神及性格）有所異而已。譬如日光透過大孔則光大，透過小孔則光小；透過孔圓則光圓，透過孔方則光方。所以，一切生命實際是同一個「我」，是爲佛之法身。但這不是說個別之「形體我」不重要，此點最難解釋。嚴格說根本不能解釋。勉强再比喻說，一人夜晚入夢，夢見自己爲一富商，娶了一個交際花，稍後又夢自己爲一大學生，跟他女朋友吵嘴。在這夢中，他因「見」富商、交際花、大學生、女朋友，彼此形貌各異，於是不期然而然認定各有一個截然不同的「我」。實際呢？一夢醒來，許多「我」跑到那裏去了？「我」究竟是誰？「我」不過同出一心。這話聽起來多簡單，好像誰都知道，然而沒有人在夢未醒時就能透徹這一點呀。其實，人執迷於外在形相是無始以來便根深蒂固的，不管宇宙、星雲、星球，經過多少次生滅成敗之劫，多少個億億億億之年，生命之執迷於形相，恒久如是，因而浮沉生死，亦早已恒沙難計。釋迦牟尼在菩提樹下，成無上正覺，正是生命眞夢大醒，所以豁然驚嘆，原來有那麼回事。悟「無我」反而得「眞我」（此處指「心靈大我」），執「有我」反而只有「假我」（凡俗之小我）。有形生命是「眞我」跌入形相之網夢中。一旦破迷去執，「眞我」立顯。但無形相，遍在一切，無有生滅，自心了知（法性上之知）而別人却看不出，別人仍被彼此雙重形相所遮住。故心靈是「無我」的，不是「無常」的，甚至是「有常」的，反之物質世界是「無常」的，變動的，但不是「無我」的，甚至經人認識後亦變爲「有我」的。生命融合心與物，既是「無常」的，又是「無我」的。「無常」與「無我」既是矛盾，又是融合（並非「統一」）。「統一」兩字境界甚低。只是「力」之「綑縛」，屬凡庸之見），於是構成生命之弔詭。故學佛而只學得「諸行無常」，而不悟「諸法無我」，會越學越悲觀，墜於虛無的頑空，不但度不了人，連自己也度不了，甚至不但自己悲觀，連別人也被傳染悲觀。君不見叔本華，寫了一大堆悲觀哲學，幾乎只是痴人說夢。

心靈之道，本亦平常，原無難處，世之所以然以道爲難者，在於自己迷妄。所謂「色不迷人人自迷」（色，未必指女色，一切世間現象在佛語都可叫做色）。人之所以執迷，在於一開始當心靈之認知事物時，便黏附到事物之形相上去（包括一切外象以及語言符號等），而不能超脫自見。如此不斷習染，執著愈久，愈陷愈深。故如眞能直悟心靈之道，必能有超凡之眞樂（名爲「法悅」），譬如惡夢困纏，一醒大快。道如非有眞樂及永恒價値在，千古以來，許多智者何必追尋（追尋兩字又很勉强，因爲原在自己，何言追尋），於是「雲淡風輕」「傍花隨柳」，都有迥異於世俗之眞樂在，卽使「簞食瓢飮」「挑水搬柴」，一樣有眞樂在，一點也沒有差別。但是，這絕不是說，樂道只爲安貧。樂道同樣亦可安富，乃至可以安一切。因爲富而心不能安，煩惱痛苦多的是。假如說衣食不足就不易知廉恥，其實衣食太足而無廉恥的亦不稀奇呀。樂道是一回事，是絕對的。而安貧或安富或安其他等等，則是第二義的，多元的，附帶的，世俗的。如果把樂道看成手段，把安貧看成目的，則其人什麼道都不懂（只是某種政治性的幼稚權術）。貧富之分，主要決定於個人之性格及社會之制度等，與道無必然關係。所可慮的是：富貴容易使人陷溺腐化，故孟子以「富貴不能淫」爲訓戒（淫，亦非專指女色，凡所陷溺，如驕奢淫佚，作威作福等均是）。反之，貧賤容易使人偏激憤恨，而走向無所不爲，故孟子以「貧賤不能移」爲訓戒。都是爲了免使心靈迷落兩方的極端，以保持社會人群之安祥。因爲最易行道之心、向道之心、悟道之心，是眞誠平淡之心。南泉普願禪師所謂「平常心是道」，中庸所謂「誠則明矣」，都是可以共通互證的。亦非越窮才越會見道，像巴基斯坦、非洲某些地區，每年餓死或半餓半死之人，數以千千萬萬見，那裏會餓出道來？只會餓出文盲來。等而下之，假如窮得做竊賊，搞搶劫，不但悟不了道，反而「我相」更濃，孽障更重，沉陷更深。因爲愈「有我」愈「爭鬪」，愈「爭鬪」愈「有我」，形成惡性循環，最後只曉得你砍我殺，漸墜爲獸性，卽心靈境界退化，連普通事理都昏昏然分辨不清，更何能悟透無上妙法？至於民間一些陋習惡俗，僞稱宗教，例如畫符唸咒、捉鬼驅邪、蹈火割舌、扶乩胡說、裸體膜拜等等荒誕之事，全是愚冥不化，神棍妄爲，魚目混珠，要一概掃除懲治，以免混淆社會視聽，擾亂淸正風俗。因爲大道坦蕩高明，自古智者偉哲，脚踏實地，全從眞學問眞功夫中來，那裏會有一絲迷信在內？那裏會寬容幹這種愚蠢的勾當？

但另一方面，也許有人是要砍盡百家，獨留科學，而仍然心起此念：今日科學如此發達，小如電子可以測知其質量、直徑與電荷各多少，原子核中各式微粒子，亦爲分辨剖析，或加以改組，大如地球每天自轉，快了千分之一秒、萬分之一秒，立刻就知道，廣漠如太空，望遠鏡可以直透若干億光年遙遠之星雲星體，而分析其光譜，其無線電波，則世間何處不可測？何事不可思？而所謂玄、形而上、無相、無我、心靈者，究竟是何東西？這一路連喝帶問，似乎有百萬雄師作靠山，而出陣揮刀躍馬，儼然雷霆萬鈞，眞會把不懂科學的人嚇破了膽。殊不知這一問「是何東西」，便已經落入馬前的「有我」泥淖中，已經一念「着相」，衝錯了方向，而混身人馬俱已坑陷，蓋世氣力使不出，不必再找答案，再找答案也是枉然，只有越陷越深，此時已是「前不見古人，後不見來者」，孤苦零仃沒人救，連人帶馬死定了。登月云乎哉？探星云乎哉？茫茫宇宙渺無極，轉眼英雄成白骨，千呼萬喚尋不得。臨時祈禱上帝也罷，臨時抱佛脚也罷，硬起頭皮倔强掙扎也罷，時兮時兮不再來，因爲對他而言，一氣不來萬事空，什麼科學儀器全用不上了。然而世間微妙說不盡，一物常有一物來降，而不是一物能降萬物，此所以前文反覆說明：破死亡在於悟無我，悟無我在於澈心靈，而且要在生前修悟，不能到屍體上或壽命上或染色體上或太空上找，找來找去，不管有魂無魂，全不相干。未明自性，未澈心靈者，一提死亡，總是要想到死屍，鐵定以爲你釋迦老子還不是最後成死屍，便以爲也就完全整個死定了。眞是聰明却被聰明誤，出生容易死亡難。糊裏糊塗被生下來，不算簡單，雖未必心甘情願（實際上是帶「業」而生，「業」字意義很複雜，此處從略。），總還有百慾誘引，將就拖下去，或奮鬪下去；但面對死亡却不然，一生恩怨無從解，萬般疑惑似潮來，而死得不明不白。「無我」「無相」「玄」「形而上」就是破解這絕世艱難的無上甚深微妙法，是釋迦牟尼最精妙的獨門功夫。人家也不是傻瓜，更不是沒見過屍體的，但他却從屍體上引發出迥異於衆的覺慧，見得法身常在，化身遍在，一如牛頓見蘋果之見得不同凡響，康德見知識之見得出類拔萃，愛因斯坦見時空之見得驚天動地，此所以本文破題第一句便說「人們有許多原以爲已經熟知的事物，實際上却是不知的」。

到此，回頭來看陳子昂詩，則是四分五裂的，拚湊成章的。這話怎麼講？因爲「念天地之悠悠」的「天地悠悠」另有高妙，它是中國易理中生生不息、悠悠無疆的境界。如果眞能了悟乾坤闢翕，功成造化，融心物而爲更博大之生命——宇宙人生總大我，根本便不會「愴然而涕下」的。孔子思想之所以然能渾穆昭雍、中和雄健，老子思想之所以然能冲虛淸淨、玄遠淳樸，都是於生生不息、天地悠悠，有甚深的領悟、默契與涵泳，而獲證極博厚的大生命。不過由於性格結構之各異，孔子之表現稍偏於乾元精神，老子之表現尤偏於坤元精神。繼之者，孟子之浩氣磅礴，存神過化，莊子之恢詭汪洋，超逸萬象，規模均甚遠大，沒有一個因見天地悠悠而涕泗橫流的，因爲眞見天地悠悠，能使人偉大歡愉，而不是使人渺小悲戚。例如孔子之讚美「天何言哉，四時行焉」而入於無言妙境，老子之「天乃道，道乃久，歿身不殆」而「萬物並作，吾以觀復」，莊子之「天地與我並生，萬物與我爲一」，孟子之「萬物皆備於我，反躬而誠，樂莫大焉」！（以上「我」字俱非指肉身之我）足以爲證。悟道之人如果眞要涕泗橫流，不會因爲見天地悠悠，而是另有其他原因。譬如說：釋迦牟尼成道時，念及衆生輪廻生死，沉迷不醒，無端造孽，枉受衆苦，半屬蠢動，一種同慈大悲之心，如海潮上湧，遂潸然淚下。又如孔子臨終，因見大道無傳人，衆弟子根器不足，所以平生「子罕言命」「性與天道不可得而聞也」，於是此時而有「泰山其崩，哲人其萎」之嘆。這一嘆，不是嘆他之死（他曾說「朝聞道，夕死可矣」，而且五十就已知天命，七十三而終，還有什麼可嘆的），而是嘆道之將闇而不彰了，所謂「君子憂道不憂貧」，所謂「大學之道，在明明德，在親民」，就是要使天下人皆能明道，使道廣布於天下。聖哲爲什麼總爲大衆生命着想？因爲大衆即是他自己生命的化身。有些人則心靈麻木不仁，只剩下自己那幾十斤的身體，不拿來跟悠悠天地一比還好，如果一比，當然渺小之極，自慚形穢，容易陷入極端，不是行屍走肉，萎靡頹廢，就是瘋狂亂搞，拼命爭奪。既自困於形骸，落入輪廻，當然前不見古人，後不見來者。把自己之存在，細紮到區區之一息、之一身、之一念，而與天地之泰山壓頂般偉大相對立，遂以爲前後生命只在張三李四之去不去、來不來，對眞理之認識只限於直接耳目之表面所見，而不知透過感性、知性、理性與法性，均可前見古人，後見來者。例如從知性與感性，可以見拜倫與白居易，從知性與理性而見康德與愛因斯坦，尤其是從法性而見寒山子與顯迦牟尼，乃至一切衆生。若單從肉眼看本人，則愛因斯坦也不過兩隻耳朶一張嘴，有何稀奇？寒山子外形甚至像個檢破爛，這跟山裏的猴子眼中所見又有何異？故僅以肉眼看天地，益發看得自己孤獨、荒謬、絕望、冷寂、空虛、死亡、滅絕，而混身慌懼，方寸紊亂，於是而不涕泗橫流者幾希？此處有人必問：芸芸衆生，對著天地，甚至麻木而無動於衷，並不見得個個都愴然涕下，那麼陳子昂最少還是有所獨見而與衆不同呀。不錯，問得好，這正是從世俗之懵懂而破裂，開始走向「我在」、走向「我思」之玄旅第一關，總算有了些微「自覺」之反應而出些涕泗。所以「登幽州臺」歌的人生境界，恰似一方面開始脚離俗地，另一方面朝向生命玄旅的舟楫，不過一脚才踩上船板，那船身却搖幌不已，這對從來未曾眞正一念超俗的他來說，免不了一陣驚懼與懷疑，正不知玄舟這一去，千山萬水何處是終程，於此可見，「前不見古人，後不見來者」的庸俗境界，是與「天地悠悠」的高明境界不相配襯，他只是把二者拼湊在一起。因爲他雖然「念天地之悠悠」，但「天地悠悠」只單純的在他的俗「念」中而未悟透。他此「念」未曾與「天地之悠悠」相交通而融合爲一（卽未體證天人合一）。那麼「天地悠悠」歸「天地悠悠」，他的俗「念」歸他的俗「念」，二者還是天人對立的，甚至是偉大威脅著渺少，是天人相驚疑的。那麼此時「愴然而涕下」，却有如迷路孩童，由於忽然發覺離失了父母，而哇然悲哭起來。這一哭固然有點幼稚，却也是眞情流露，使後世之人讀之，激起同感，而有些想尋找「大生命父母」的嚮往（指無論儒道之大天地，或佛耶之大心靈，但二者有別，中國易經指乾坤爲萬物之父母，但佛則以菩提心爲三界慈父，耶穌以神爲父，俱是有父無母，相當於中國之乾）。所以就詩人陳子昂所表現初入玄門之層次而觀，其詩有流傳後世之價値在，但若是以爲他是有深度的道家，而向陳子昂詩中尋求人生之道，那恐怕只像「松下問童子」了。在道的世界，他所能答的無非「言師採藥去，只在此山中」，就是「雲深不知處」。當世若干詩哲之客，從西方到東方，炫談「存在」啦，「孤絕」啦，「空無」啦，「荒謬」啦等等，都與陳子昂登幽州臺之境界相當。並不是天地或自己心靈有何「荒謬」「空無」，而是他自己沉迷未醒（尤其是在這個物化時代），自以爲「荒謬」「空無」，譬如夢中人妄自驚疑悲哭而已。但對世俗而言，總算多想深一層，是有點不俗，懂得多一點，然而這一點無非是大道玄門內，應門開門的道童功夫。既未能眞脫俗，又未能眞入道，遂孤零地、對立地、疑懼地、懸吊此二者之間，而有其一定程度的徬徨與悲苦。故說陳子昂登幽州臺時的自我，是四分五裂的破碎——從世俗之混沌懵懂摔破的小我碎片，到尙未成道而重新長成全我之圓渾博厚之間，還有遙遠的距離——在如此破碎的自我中，引發出對宇宙人生無可奈何，哀哀無助的悲吟，確也代表了某一層次的生命之心聲。

噢，生命，玄奧而又庸凡，庸凡而又玄奧；無我而又輪廻，輪廻而又無我。然而，「人身難得，佛法難聞」，「此身不向今生度，更向何生度此身？」。在無量劫中，經庸凡走向玄奥，經輪廻走向無我，生命之範疇與歷程，浩瀚曲折，奇妙絕倫。對此，禪宗巨擘的唐代洞山良价，有一首玄味深長的詩，寫得非常中肯：「衆生諸佛不相侵，山自高兮水自淸，萬別千差明底事，鷓鴣啼處百花新」！何謂「山自高兮」？衆生執著「假我」，深懷偏見，內心固傲如山，一個形骸一座山，處處是山頭主義，一山還比一山高，於是而世途崎嶇難行。何謂「水自淸」？諸佛心海無邊，淸淨澄明，浮載衆生，一如海洋之浮載山陸，雖相交涉，而不相侵，亦混濁不了，而成就微妙弔詭的生命世界。「萬別千差」祇是衆土阻隔不平，象徵那說不盡的恩怨障礙。然而，一鳥高翔，逍遙自在，從容於山水之間，宛然執兩用中，挾生生之眞諦而翩翩飛舞，正是中國禪融合了達摩禪之後的新境界。怪不得啼聲發處，莫不是萬紫千紅，果然好一個呀，那——鷓鴣啼處百花新！

所以，本文前面曾說，今後世界有兩道特效藥，將可救治人類之心靈迷失與生活迷失。欲救心靈迷失，以參究釋迦牟尼的「無我與輪廻」爲最得力，欲救生活迷失，以體認孔老孟莊之「中庸與自然」爲最佳。果然，爲此補偏救弊，以濟助科學與民主之不足，則世界性的思想融合與文化大同，最後終必達成。而人生之幸福，甚或生命之昇華，均可任君選取，中外咸宜了。

（註）陳子昂原詩爲：前不見古人，後不見來者，念天地之悠悠，獨愴然而涕下！

（附記）筆者於民國五十九年五月尾在中副發表「寒山子的禪境與詩情」一長文，論及佛家時，曾有一按語謂「生死輪廻，義理極深，非世俗所誤想的投胎，此處不能詳說」，以限於主題與篇幅也。於今時隔多年，未曾作補述，似有一樁心事未了。近因一時機緣觸動，乃有此篇之作。惟處今日心靈物化之時代，輪廻義理，少有人談，或談而多未得精要，且牽纏某種歪曲之迷信，徒然授人藉口而謗佛，反截慧路。筆者魯鈍，惟感念聖哲慈恩，期使人人內心之光顯發，乃不自量力，於公餘斷續撰寫，先後增删多次始成，一點苦心，出於愚誠而已。宇內大雅鴻儒，隱賢潛德，目光如炬，當能明察，共濟時艱，但亦可能引起誤會，而或有所爭論。竊以爲物質之理，愈辨愈明，愈爭愈出，但心靈之理，則愈辯愈暗，愈爭愈沉。因爲心靈之理是愈誠愈明，愈默愈顯。故高明君子，如有指教，敬謹拜納，不擬答辯。然若認爲拙文尙有可供參考之處，而共契玄機，同沐法悅；則亦文化復興聲中，又一樂事也，爰爲之記。

（「哲學與文化」月刊六十四年一月號）

# 梅與仙人掌

梅樹在冰天雪地裏，獨戰寒風而花開淸麗，疏影橫斜，暗香浮動，自是北國的冬季花后。此時朋輩中，松雖蒼勁，其奈無花；竹號孤高，稍嫌保守；聖誕紅亦冰雪世界一女傑，然而濃粧艷抹，略向虛榮。所以在中國，「不是一番寒徹骨，那得梅花撲鼻香」，確然難能可貴，幽深雋永，與乎勁健、嫵媚、飄逸、含蓄，兼而有之，宛然觀音大士隨雪下降，而後玉立於風雪之中，其風神秀骨，獨一無兩，於是乎而有國花之尊稱，誠足以象徵中國文化之靈魂。

也許由於中國位處北溫帶，梅花之美，易於顯露欣賞，歷來歌詠不絕。若熱帶植物，則不免少而遜色，尤以仙人掌之品性才華，似乎一向不爲人所重視與讚賞。

烈陽、荒漠、狂沙；千年炎熱，九地皆火！在此地獄般的境況裏，仙人掌以其偉昂的金剛不壞之身，獨入炎荒世界，顯示其法相莊嚴。他威肅而立如神將；持握針刺如兵刃。眞可令群邪懾伏，野鬼歸心。更妙的：心懷經天緯地之才，英華無限，故所開之花，種類繁多，瑰奇不盡，窮色相變化之美。在數十百里蠻荒炎氣裏，望之如天堂勝景。仙人掌三字中文名稱，更是美妙，細想來彷彿是地藏菩薩，從十八層地獄底下伸出的手掌！永遠招引接待着辛勞苦難的孤獨行旅。解人寂寞，予人安慰，啓人希望。

但百花千樹之美，似乎都要有背景襯托。例如楊柳，須倒影於江南的河邊；大王椰須俏立於夏威夷的海畔；梧桐必須遇秋而帶雨；荷花要當夏夜睡於月下池塘；牡丹、紅杏要斜倚於富貴人家的後花園；菊要漫種於隱士逸人的籬下；松柏要雄踞於山岡之上；……。如此說來，植物何嘗不需要得時得所。但得時得所之中，北雪南火，最是天地之偏極，然而天地却偏又於雪鄉裏綻出梅花，豈非殷憂啓聖，以濟其窮；再於赤地上長起仙人掌，豈不是多難興邦，以示其仁。否極泰來，剝盡而復，在那否極剝盡之際，一機獨發，兆萬象之回甦。此時此景，梅與仙人掌正是各得天地之心傳。

天生萬物，無限週到而奇妙。人，生息遊憩於萬物之中，相聚相需於星球之上，更是多麼難得的機會。人，不該表現些值得萬物懷念讚美，而不是驚恐憎厭的東西嗎？

（民國六十三年五月十八日中央副刊）

# 自由須立足於理性上

## —從改革電視節目說起

在公衆傳播事業中，電視對社會人群心理及行爲影響之深鉅，可以說首屈一指，無論其內容之爲良性或惡性，都能產生仿效的作用，幾幾乎：節目而爲社會師，演出而成天下法！一夜的電視劇，其感染力超過一百篇的報紙或無線電的官方文告；三家電視公司之存在，其效果超過三十所大專院校。電視節目背後的意識形態，能輕易動搖身受十餘年學校教育的思想動向。除非你不看電視，如果常看而能不受電視之不良影響，恐怕只有極少數學養淵深而超拔流俗的不凡人物。即使如此，但整個社會中，不看電視或不直接受電視影響的人，只佔很少數，而這少數人生存於廣大人海中，又不能不受大衆之間接影響。因此，不管你是什麼人，都必難逃於電視的天羅地網。電視節目如果屬於天堂，則社會將隨之上天堂；反之，電視節目如果來自地獄，則社會終亦隨之下地獄。

鑒於電視節目影響社會人心之大，歐美各先進國家之文化界、學術界、教育界，乃至朝野之政黨，莫不對之重視非常，力求醇化，而其中一個重大的關鍵，在於把掌握電視廣播內容的權力，從商人的利慾魔掌中奪回到「公益事業」的理想天地；或始終堅守在公益事業的陣營，不曾被市儈所污染或玷辱。關於這一點，近讀李瞻先生大作「建立公共電視方案——徹底改善電視節目的根本辦法」，深有同感，甚爲欽佩。國內輿論界對電視節目之抨擊，一直不絕如縷，於今爲烈，而以李先生的改革方案最爲具體而徹底。李氏此文，上承其一系列改善電視事業之議論文章，並引先進國家之經營實績爲借鑑，可說鐵證如山，不容置疑。既有良法美意當前，現在只看誰能將之付諸實行了。

當然，筆者並不是說，今日電視一無可取，但夠水準的優良節目，約僅四分之一，平庸而無可無不可者，亦佔四分之一，再則無聊愚陋者，又佔四分之一，最後的四分之一爲惡劣不堪，例如奢靡淫蕩詈罵打殺，或是奴顏婢膝，哭哭啼啼等，類此節目乃是感情污染、思想污染、人格污染，不斷腐蝕人生理想，摧殘理性，促使社會漸趨於恣肆邪鄙，或萎靡頹廢，但在自由區，主其事者仍可對此節目製作，美其名曰藝術創作自由。

現代自由社會的人，高談自由，原是天經地義，誰可厚非？但自由是做好事很自由，還是做壞事很自由，却少有人加以注意區別。試問：賭博自由，打鬬自由，亂倒垃圾自由，不肯排隊自由，隨地吐痰自由，噪音自由，淫亂自由，節目荒唐自由，……如此自由，有何意義？一個社會必須光顯憲法所賦之種種自由，而阻截刑法民法及輿論良知所譴責之種種自由，方爲理想之社會。然而，就一般人習性而論，所謂「從善如登，從惡如崩」，亦卽在缺乏理性之提攜、理想之規範下，讓大衆自然的自由行去，將是朝着放縱走向奢靡，自奢靡轉向邪鄙，自邪鄙淪於腐敗，所謂「逸居而無教，則近於禽獸」。故如無理性爲基石，自由能使人墮落，而不是使人超昇。許多商賈市儈就是假自由之名，行腐化之實。君不見世界上最自由的美國，由於近二十年光是高喊自由而不提理性與理想，馴致自由日益淪喪爲放僻邪侈，自私自利之恣肆，種種惡行，如吸毒、裸奔、雜交、頹放、造謠、搶刼等等，都極自由，亦卽少數有識之士所指斥之僞自由。至此，傑佛遜、富蘭克林、林肯等之超邁理想與淸風亮節，俱已沉歿，於是繼本世紀初葉名著「西方文化之沒落」後，近又有「西方國家之自殺」的宏論出世，此皆白種人中之先知先覺，斯亦盛極而衰，敗象顯露，狂瀾難挽，尤其最近兩三年，美國更是聲威掃地，爲極權的共黨集團所一再玩弄與恥笑，但其社會大衆已如醉如癡，舉國仍只高喊自由而聽不見正義，雖然教育發達，學者之多如過江之鯽，但能明辨自由與理性（尤其公理正義）之血肉關係者，已如鳳毛麟角，如有讀者不信，請看今年美國立國一百九十九年大慶，福特總統文告，始終還是大聲强調個人自由，而不注意社會正義與國際公理，能爲總統執筆寫文告者，自是高層才俊，其學問見識不過如此，難怪福特總統不敢接見大氣磅礴的索忍尼辛，託詞太忙，但却有空閒接見美麗動人的棉花皇后！這簡直比「可憐夜半虛前席，不問蒼生問鬼神」更爲悲哀（筆者另按，今日報載福特總統因受民間壓力，擬接見索忍尼辛，但索氏觀其不可爲，會晤無意義，而拒絕往見）。美國之正義理性，已如日落西山，對蘇俄暴力之卑怯無能，愈益顯露於全世界。一葉落而知秋，只恐其眞正之自由光輝，亦將不久被邪惡的黑夜所呑噬，現在首先已被僞自由的自私自利、放僻邪侈的陰影所遮蔽。

中華民國自亦有其理想，此卽　中山先生之三民主義、五權憲法，以及建國方略建國大綱孫文學說等所含蘊之瑰寶，然而其理想之眞義，鮮爲中國人所深知，所以大半個世紀中，建國過程險阻重重，內部災難不已。近二十餘年之臺灣，雖云環境安定，經濟繁榮，但心理建設仍然大不足，凡文學藝術電影電視等，很少以三民主義理想之光輝加以批判或指引，而多半託詞於自由兩字，任意製作。以今日之電視節目，如以三民主義人生思想批判，則許多部分均不合格。目下電視節目所表現之人生意識，乃是商人利慾之餘唾。電視文藝界亦非全無人才，無奈人才又莫不受制於商人廣告，與惡性循環之觀衆低級趣味。更令人惋惜長嘆者：三家電視台官股或黨股佔絕大部分，照理說，國內黨政文教各方面當權的領導人，無論爲個人興趣而看電視，還是本身職責攸關亦應查看電視，何以熟視無睹，一拖再拖，江河日下，任由商人市儈牽着鼻子走，乃至於導社會於如醉如癡？今日之自由中國已到了什麼關頭，大家心裏有數。雖云「天下興亡，匹夫有責」，但匹夫無權，其奈電視之打殺何？其奈電視之淫靡何？其奈電視之鄙俗何？依李瞻先生之一系列文章看，李氏爲一黨員，且爲一忠貞黨員，因而才會殫精竭慮，爲改進電視而向黨進言向政府進言，但愛國乃中國人之天職，不關黨派，蔡松坡將軍不是黨員，曾經拯救過民國，王雲五先生不是黨員，也一生對國家忠肝赤胆，因爲　中山先生是全國性乃至世界性的偉人，他的思想，不獨中國人要終身涵泳踐履，就是外國人亦宜好好研究，才能保住公理仁愛正義自由平等所交織成的理想境界，才不致使理性蒙塵，而使自由一項偏差並墮落爲僞自由。像美國那樣，現在只講自由與科學，不講正義與理性，所以才對蘇俄一敗再敗，索忍尼辛說得好，美國不必擔心與蘇俄的核子大戰，因爲根本無需核子大戰，美國早已大敗於蘇俄，而今且每況愈下，其前路不堪聞問了。

其次，關於李瞻先生在「建立公共電視方案」中所提出的三個電視網節目分工計劃，相當豐富精釆，但筆者尙略有淺見，加以補充，卽擬在第二電視網中加入一項「現代化社會」節目，長期介紹歐美各先進國家之現代化的優點方面，以具體生動之實地拍攝影片，配合詳盡優美之旁白或說明，呈現其社會之建設、制度、秩序、生活，以及人際關係等實況（尤其着重於公共建設、文敎措施、科學辦事與民主風範四者爲中心），俾使未曾深察過歐美社會的人，如置身其境中而心受其惠，比到歐美只作走馬看花的觀光方式更爲深刻更有收獲（原註）。又在方案的第三電視網中，擬加入「三民主義世界」節目，長期講解　國父思想之中西哲學淵源、科學原理，各國政治社會比較，以顯見三民主義之博釆衆長，成爲大同世界之歸趨原則。在此節目中，除聘請學貫中西人士講解外，並可經常邀約（或自由報名參加）社會上科技、財經、文藝、工商等各界人士座談，以及大專靑年等辯論，旁敲側擊，多方硏探，以蔚成風尙，引導社會大衆層層深入，眞切體悟，以啓廸理性，喚醒國魂，且以之與第三電視網中的「文化科學講座」及「文學藝術批評」二項節目相呼應，相彰顯，尤其使後二者有一中心思想，不致支離破碎，在價値上漫無標準。

又李先生對於建立公共電視的基本原則及途徑，如三家電視台一律改爲公營，如廣告統收統支，如成立全國電視管理委員會，由中央民意代表到地方民意代表，由中央黨政主管官署至民間律師醫師宗教婦女團體，以及由文復會與有關教授等各方面組成十九人委員會，所有人選且由行政院提請總統任命，其權威性與隆重性可以想見。如此一來，商業廣告與商人間接操縱節目之病根可以徹底拔除，配合上述節目分工之設計內容，再網羅各有關節目內容之人才，定能專心專力發揮才華，其節目水準較諸當前情況必能巨幅提高。如果爲了防患未然，預杜弊端，可以再由立法院訂立電視廣播管理及懲處辦法，如有觸犯禁條，輕則處分節目策劃人及主持人，重則處分委員會之委員乃至主任委員，當可保證維持一最低標準。因此，電視機構改革及節目整個改造後，社會大衆應能一新耳目，但亦必有若干部分低級趣味觀衆，一時因習染未除，可能不大會欣賞，但既然三家營運一貫，此等觀衆在無低級節目可看之情況下，被迫逐漸多看新節目，久而久之，會自然提高其眼界，以往如「入鮑魚之肆，久而不聞其臭」，今則如「入芝蘭之室，久而不聞其香」，但當其回想昔日鮑魚之肆時，必反聞其臭，斯則境界已提高，可以回觀往昔之非了，所謂「覺今是而昨非」，便是指學問修養提高之後，才能知過去之非究在何處；若在今日事先辯論趣味之高級低級，各執一詞，似乎多餘而徒費口舌。筆者深信吾人社會中仍有甚多高水準作家及觀衆，在電視機構及節目改革後，足以帶動社會心理之革新。而不會如今日之反被一齊拖下水，一齊泡湯。

筆者總覺得李瞻先生對電視改革方案，路線正確，內容具體，如不能實施，十分可惜，所以雖與李先生素昧生平，他寫那篇文章基於忠黨，我寫這篇小文，出於愛國，不期然而殊途同歸，亦表示黨內外人士對電視事業之問題，同深關切，冀能徹底改革，才能厚植國本，促進社會教育與國民心理之現代化，而此事拖延既久，影響深鉅，非比尋常，今惟有政府與各界人士通力合作，拿出勇氣，及時拯救，始能迅收實效，不致空論一場，又是不了了之。誠能劍及履及，立竿見影，則不獨萬方幸甚，庶亦可無愧無負於　蔣公生前對電視廣播事業之遠見與防患未然之初始苦心。

（註）請參看拙作「觀光與觀實」一文，原發表於臺灣時報，後收入單行本「書生天地」三民書局發行。

（民國六十四年七月三十日中央副刊）

# 論唐詩與中華文化

人之精神構成有三大領域：即理智、情感與意志。理智欲其清，情感欲其和，意志欲其健，能達到此目標，則個人完成其人格，社會實現其幸福。然而，意志乃秉承先天之氣，堅强柔弱，大體有定。必先求理智清明，情感和暢，而後能使意志强者，扶困濟危，以存其仁；使意志弱者，廉頑立懦，以成其義。而理智情感意志，俱可經後天之修爲陶冶，亦人力可以補天功。

中華文化有兩大精隨，爲世界各國所不及。一爲道統哲學：明明德、致良知、彰天理，以之爲天地立心，爲生民立命，爲往聖繼絕學，爲萬世開太平，此理智之極事。至於窮物之理，以開物成務，猶居其次。所謂正德、利用、厚生，本末有序，以維福祉。二爲道統詩學，養性怡情，三才和協。雖人生百態，悲歡不一，莫不可以興、可以觀、可以群、可以怨。庶幾錦心繡口，文采風流；臻於珠圓玉潤，萬物交輝。故中國道統哲學與詩學，互爲表裏，誠中形外，枝幹條達，花果繁榮。迨乎大唐之世，不獨本土學術文化，大開盛放，亦且融會佛禪，增益其空靈澄澈，而愈顯其多采多姿。杜甫、李白、王維，號稱詩聖詩仙詩佛，固無論矣，孟浩然、白居易、高適、岑參、王昌齡、王之渙、劉禹錫、杜牧、李商隱等，莫不才華揚溢、氣韻超絕，以是領袖群倫，蔚爲壯觀。更有曠代奇才寒山子，亦詩亦哲，身同宇宙，情滿乾坤。一時人才之多，創作之富，氣質之美，卓絕千古，唐詩遂成爲中國文學藝術之冠冕，中華文化之靈魂，足以睥睨全球，光昭萬世。

然而，國運有盛衰，道統有顯晦。近世三百餘年來，學術不振，詩教隱淪，於是人心向下，志氣頹靡，徒知攘權奪利，罕能創造，馴致社會危機四發。斯時西方文明適又挾其威勢而來，遂不免百多年之災禍頻仍。究其病源，豈獨政治帝制之流弊而已。幸而，剝盡而復，自 中山先生以降：一方面，新銳之士，倡導科學，圖補近代開物成務之不足，而漸具規模；二方面，博雅之流，致力道統哲學之闡揚，發微抉竅，上媲宋明；三方面，出入國粹西化之間，通達淹貫，調和鼎鼐者，融鑄新舊，統一東西，其功尤不可沒。是則新型文化之根基復奠，逐漸再生，循時而進，必將有所光顯於社會層面。惟有道統詩學方面，尙少見擅場，不無悵失之感。

近見胡鈍俞先生著「唐詩千首」，就「唐詩三百首」，去其三分之一，留其三分之二，另行增選精萃，計獲九百餘首，並一一加以評語。凡此取捨，不特境界文采非凡，且隱藏福國利民、振衰起敝之旨趣，復貫以科學民主之思潮。例如杜甫白居易二家，反映民間生活之社會詩篇，即多選錄，用彰民胞物與之心，兼垂富貴不淫之戒；再如李白「淸平調」三章，則予刪除，蓋以「名花傾國兩相歡，常得君王帶笑看，解釋春風無限恨，沈香亭北倚闌干」之類，詩句雖美，但視女人爲皇帝之玩物，固於男女平等之道不合，而其渲染諛頌宮庭之頹廢奢靡，尤違背道統之思想。然而，若以爲胡氏所選均爲嚴肅，則又不然。試看新選太白之「陌上贈美人」云：

駿馬驕行踏落花　垂鞭直拂五雲車
美人一笑褰珠箔　遙指紅樓是妾家

何等高邁飄逸，風流豪放。吾人於此詩中，大可想見盛唐社會之華贍富泰，朝氣蓬勃。男女相悅，浪漫自由，以至神舒意暢，豈不勝却前詩十倍？又如劉禹錫絕句：

清江一曲柳千條　二十年前舊板橋
曾與情人橋上別　恨無消息到今朝

其俊逸清美，一往情深，令人一誦而低徊不已。舉此兩例，可見一斑。胡氏於宮庭生活詩，亦有所反映，但含有批判或嘲諷意味，例如白居易「後宮詞」：

雨露由來一點恩　爭能徧布及千門
三千宮女胭脂面　幾個春來無淚痕

再如江妃「謝賜珍珠」云：

柳葉雙眉久不描　殘妝和淚汚紅綃
長門盡日無梳洗　何必珍珠慰寂寥

次則「唐詩三百首」係依詩之體裁編列，今此書則依詩人而分類，於是而易見各家之風格。惟若干大詩人所選之詩寥寥無幾，實不足以窺其堂奧，例如劉禹錫高適等是。胡氏所增選者，俱極可觀，玆舉劉之七律及七絕各一如次：

巫山神女廟

巫山十二鬱蒼蒼　片石亭亭號女郎
曉霧乍開疑卷幔　山花欲謝似殘妝
星河好夜聞清珮　雲雨歸時帶異香
何事神仙天宇外（註）人間來就楚襄王

表情狀景，出神入化。想像力之豐富，氣氛之靈異幽美，均不作第二人想。

石頭城

山圍故國周遭在　潮打空城寂寞回
淮水東邊舊時月　夜深還過女牆來

此詩當年白居易讀罷，爲之贊歎不已，且曰「潮打空城寂寞回，吾知後之詩人，不復措詞矣」。白樂天都爲折倒，何況吾人，豈可遺而不選？

至於高適之長篇邊塞詩，朗健俊拔，音調鏗鏘，亦特多選入。玆僅隨手引其七絕一首，以省篇幅，並概其餘各家：

雪淨胡天牧馬還　月明羌笛戍樓間
借問梅花何處落　風吹一夜滿關山

又胡氏之選詩，均就詩之本身爲準據，故雖杜甫詩，爲「唐詩三百首」所入選者，若非眞正傑作，一樣剔除，例如杜之「此道昔歸順，西郊胡正繁，至今殘破膽，應有未招魂，近侍歸京邑，移官豈至尊，無才日衰老，駐馬望千門」，實無動人之處，而且字句淡澀勉强。胡氏所選杜詩頗多，俱爲精美，且可讀性高。反之，即使名不見經傳之作者，只因有一首特佳，亦予入選而與大詩人並列，如楊達之「明妃怨」：

漢國明妃去不還　馬馱弦管向陰山
盒中縱有菱花鏡　羞對單于照舊顏

沈鬱婉轉，意味深長，尤富民族意識，末二句且有哲思，耐人玩索。蓋詩之智慧超絕，可以影射籠罩甚廣。筆者尙憶旅美時，每於寂寞之際，好吟誦唐詩以遣懷，此首即爲當時常詠之一，尤其於長途車上，過荒野而低吟此曲，念國家於近世之衰替悲愴，眞不知洩放多少心中沈鬱之情愫。

此外，胡氏於入選詩所加之評語，類多精警，輒富回味，試看王翰「涼州詞」：

葡萄美酒夜光杯　欲飮琵琶馬上催
醉臥沙場君莫笑　古來征戰幾人回

「評曰：此詩爲唐代名作。兵凶戰危，末句一語道破。而氣不衰颯，寓壯於慨，此大唐之所以能威振四夷也。」惟其如此，故胡氏不錄人所熟知之「隴西行」（陳陶作）：

誓掃匈奴不顧身　五千貂錦喪胡塵

可憐無定河邊骨　猶是深閨夢裏人

觀此詩之首兩句，氣勢雄壯，豪勇絕倫，代表外抗强敵之反侵略正義戰爭，而後兩句，却甚尖酸萎索，上下文氣不接，虎頭鼠尾。按邊塞詩、李杜詩，乃至整個中國詩，亦多反戰思想，但不是如此反法。對於爲國捐軀之健兒，竟予輕蔑嘲笑，成何詩人？最多不過詩人中之武大郎而已。

又王維之「使至塞上」：

單車欲問邊　屬國過居延

征蓬出漢塞　歸雁入胡天

大漠孤烟直　長河落日圓

蕭關逢候吏　都護在燕然

「評曰……單車、問邊、屬國、居延、征蓬、漢塞、歸雁、胡天、大漠、孤烟、長河、落日、蕭關、候吏、都護、燕然，都是塞上人與物等名詞，數來便囉嗦討厭，經摩詰串和撮合，便成一首好詩，眞有神出鬼沒工夫。」

又蔣維翰「春女怨」：

白玉堂前一樹梅　今朝忽見數花開

兒家門戶尋常閉　　春色何緣入得來

「評曰：玲瓏嬌巧，怨而不怒，樂而不蕩，作小詩亦須有格，於此方信。」

又李白絕句：

峨眉山月半輪秋　　影入平羌江水流

夜發清溪向三峽　　思君不見下渝州

「評曰：秀雅晶瑩，有如峨眉山月。一詩二十八字中，用五地名，佔十字之多，而不覺堆砌，反多情致，此洵仙才不可及也。」

又常建五律：

泊舟淮水次　　霜降夕流清

夜久潮浸岸　　天寒月近城

平沙依雁宿　　候館聽鷄鳴

鄉國雲霄外　　誰堪羈旅情

「評曰：清澹朗潤，神韻悠揚。」

又韋應物絕句：

獨憐幽草澗邊生　　上有黃鸝深樹鳴

春潮帶雨晚來急　　野渡無人舟自橫

「評曰：每句看似言景，實是言情，幽雅澹遠，尤不可及。」

又岑參詩：

梁園日暮亂飛鴉　極目蕭條三兩家
庭樹不知人去盡　春來還發舊時花

「評曰：前二句言衰落，後二句反擊，意更深遠，筆奪造化。」

又杜甫秦州雜詩之一：

莽莽萬重山　孤城石谷間
無風雲出塞　不夜月臨關
屬國歸何晚　樓蘭斬未還
烟塵獨悵望　衰颯正摧顏

「評曰：中四句造語，另創一格，挺拔雄奇，可醫平庸之病。」

又評崔護名句：

去年今日此門中　人面桃花相映紅
人面不知何處去　桃花依舊笑春風

「曰：情深似海，筆潤如珠。」

諸如此類，所評簡潔精當，深達堂奧，以限於篇幅，不多贅舉。

然而，以唐詩之浩繁精絕，欲求選評之每首皆能完美，自是艱難萬分。胡氏所選者，間亦有若干可待商榷，所下評語，少數或可再斟酌，謂文章千古事，得失之間，仁智互見，有時毫釐千里，大可終身玩索不盡。

有人或問：以今日時代變遷，白話詩應多提倡，若唐詩之美既已登峯造極，後之者實難爲繼，何須深究？此誠知其一而不知其二。學詩，非謂模章仿句而已；要在臻登其境界，融入其氣象。胸次既醇化，精神既提昇，則縱然平生不寫詩，受益已深矣；或專寫白話詩，亦不覺已脫胎換骨矣。詩之體裁雖因時而變，但詩之所以爲詩之內在本質，古今中外固有其共通處。詩人一方面要從現實生活中熬煉，另一方面要從既有文化中陶鑄。如否認並斷絕其歷史詩人智慧與經驗，便無異於從頭由土人階段做起，欲期望其成熟完美，豈不需久待於千載之後？故白話詩與文言詩宜並重兼修，一如中西文化宜相輔璧合。今之白話詩人如皆能深究唐詩之美妙，必有助於現代詩之醇化，加速其成熟，而莊嚴其氣象。反之，如唐詩之精神不能復振，中國便甚難出現動人心魄之偉大語體詩時代，恐將長久徘徊於乖僻衰散之境，何能作心靈之呼喚，時代之明燈？詩人應是先知先覺之社會理想精神引導者，絕不是隨流而下，作芸芸衆生之尾巴。詩人應具有點鐵成金之才情，而不是化雲爲泥之惰性。

又自五四運動之後，提倡白話文而有成就，自甚可喜，因而使文化易於傳播普及；然而，打擊文言文，致本源文化幾乎爲之斬斷，或至少使之阻塞不暢，則爲不妥。按文字起初，原是語與文一致，及累積文化時日既久，用字簡鍊，措辭典雅，不期然便成文言，此實自然現象。即以英文而論，今日英美大報之社論及雜誌專題，詞彙豐富，運筆精巧，乃至學者著書立說，其詞章文藻，豈是一般民衆之日常粗淺口語？再則國際工商電報，使用頻繁，其字句皆極精簡，諸如此類，俱可視作英文之文言，而與英文之白話，偕行於社會。回觀吾國於滿清末世，文盲遍地，知識閉塞，及民國初期，內亂未定，百廢待舉，爲謀灌輸新知識於民間或初學之青少年，採用白話，無非權宜之工具，俟教育普及，文化提高後，又會產生新文言。若今日之臺灣，教育發達，已是滿街大中學生，兩漢唐宋式文言，應無閱讀上困難。政府各機關與工商企業，彼此間函件亦已是新型之簡潔文言，以減省文字篇幅，提高效率，皆甚自然。除公告民間週知之文字，爲求基層民衆，易於了解，始盡量使用白話，再則小說散文等，宜於使用白話，故亦白話與文言並行不悖。由此可見，斷非文言代表古舊，白話代表進步。人之頭腦進步與否，決定於知識程度高低廣狹，理解能力之深淺强弱，與使用白話或文言無關。觀五四運動，其於整體文化問題，多半察理不周，利弊雜出，文學如此，科學與民主問題亦如此，但非本文主題，茲不贅述。今所以提五四文白之爭者，意在回顧及檢討歷史，藉明得失，使知文言既貶，詩道亦墜，而最令人痛心之後遺症，則在於盲目將白話與文言對立，將白話詩與文言詩二分，陳陳相因，誤謬相傳。

筆者有感於唐詩對中華文化所具之代表性，尤感於詩歌與國運之息息相關，不禁緬懷盛世，殷望將來，遂特以淺近文言，略抒胸臆，另賦七絕一首，藉申祝頌云爾：

華光璀燦一千詩　　上國天聲萬世宜
振起精魂飛豪氣　　復興欲勝大唐時

（註）原句爲「何事神仙九天上」，惟九天兩字平仄不協而拗口，如易爲天宇外，似更見全詩音調之美。玆特加註，以存其眞。

（民國六十四年九月二十九日中央副刊）

# 驚天史話出青樓

## ——漫談蔡松坡與小鳳仙

自然的歷史使人輕鬆愉快，它好比散文；人文的歷史使人沉醉低徊，它好比詩歌。革命豪傑蔡松坡將軍，集黃花岡衆烈士的英魂正氣，透過北京城青樓俠女的傳奇事蹟，在短短的一段時期裏，波詭雲譎，兵凶戰急，是那麼喧騰而感奮天下，出神入化地平息了帝制的逆潮，拯救了民國的生死存亡於千鈞一髮之際，對於中國的民主前途，甚至可以說是起死回生，恩同再造，於是被尊稱爲「護國軍神」。

我從小就喜愛這一段荷馬史詩般的故事。它早已家喻戶曉，萬衆謳歌，雖然在故事細節上，尤其是小鳳仙身上，有許多不同的說法乃至爭論，但却無損其大義之完美與偉大。

然而，人文的歷史却又有兩路：一路是科學性的，一路是文學性的。前者例如三國誌，後者例如三國演義。在三國演義中，不但有許多文學性的穿挿與附會，並且在政治意識領域，蜀魏吳不是同一時代圓周上的三點，而是把蜀之劉備看作那個時代的歷史重心，放在圓周的中心上，把魏與吳看作圍繞圓心轉動的軌迹，忠奸邪正，貶褒抑揚，都是以那個中心爲基準。三國志中的蜀魏吳，則是較爲客觀的三點，由這三點聯成三角形，這三角形上的三頂點決定一圓周——代表那個時代的圓周。它們三個都是在這圓周上推移，這圓周的中心是由那客觀的三點共同決定的。

每一個時代，每一個國家，幾乎經常都有這樣兩重的歷史。西洋的荷馬史詩也不是嚴肅的科學性的。社會大衆心目中的歷史常是浪漫的文學性的。至於那科學性的歷史，屬於少數的專家學者。若更嚴格點說，不少的正史也不是十分科學的，一般人不清楚的。因爲在科學世界，眞理本來決定於少數人，由質決定量，例如一條數理公式，大衆懂也罷，不懂也罷，公式就是公式，都得信服。但在實際的社會，眞理決定於多數人，由量決定質，要經大衆點頭舉手才成（尤其是民主的社會），領導人是天才也罷，庸才也罷，公意就是公意，都得順應。所以文學性的歷史與科學性的歷史同樣重要，前者存在於社會之量，後者存在於社會之質。

大半個世紀以來，小鳳仙與蔡松坡的韻事，廣泛地流傳於中國社會。人們覺得小鳳仙與蔡松坡很要好。她的存在以及與蔡的交往，對於護國大業有了很大的幫助，至少有了有利的影響。人們喜歡「民國通俗演義」「蔡松坡逸事」之類的書，正如人們喜歡「三國演義」而且還超過「三國誌」那樣。

正是這個原因，自從華視公司播出「小鳳仙與蔡松坡」歷史電視劇之後，社會大衆對它的喜愛，日益濃厚。因爲電視藝術之效果，比文學藝術之效果更易深入民間大衆。對於大部分文化水準不太高的民衆，尤易收到欣賞的目的。蔡松坡與小鳳仙的傳奇故事，本來就極具感人的色彩。在百餘年的內憂外患重創之下，許多中國人內心喜歡回味革命先賢的人格風釆，好像從他們的身上可以憧憬到美好的未來，可以激發出有光有熱的社會正氣，而從「小鳳仙與蔡松坡」的螢光幕上，尤其清晰動人地看到革命的現實與革命的浪漫相結合，看到兒女情懷與愛國情操相激盪，使人們的潛在理想受到了撫慰、鼓舞與滿足，所以在每一次看完一個段落後，除了娛樂效果外，還有餘味在心，而不像通俗歌唱雜耍等節目，只有單純的一時刺激的娛樂，曲終味亦盡，並不能激盪其思維或理想，不論有意識地或者無意識地。

我就是以看文學的歷史演義之角度，來看這部電視的歷史演義。同時，也以一半談正史，一半談演義的方式，來寫這篇隨筆文章。其中很有些個人的意見逈異於既有的看法，主要關於小鳳仙。

當年，袁世凱心中盤算着：如果文有楊度，武有蔡鍔，左輔右弼俱備，那麼他的袁氏江山便可坐穩。楊度是一才子，但他的學問還跳不出富貴的誘惑，早做了老袁復辟稱帝的首席智囊；然而，蔡鍔清正恢宏，心憂民國，任你袁世凱出什麼代價都收買不動，倒有點像曹操的封侯金印買不動關羽的心一樣。不過，蔡松坡膽大心細，才高情密，還勝過關雲長。所以在袁的嚴密監視下，仍能在北京城的賊巢臥底做情報。老袁對他雖有三分疑懼，畢竟無迹可尋，倒仍有七分信任。在此期間，蔡將軍佯與楊度等人，經常流連於風月場所，一副聲色自娛狀，甚至引起蔡夫人醋海興波，大吵大鬧而出走南下。袁世凱多少有點相信：蔡鍔究竟是英雄難過美人關，大概對民國江山忘了一大半。

作爲護國軍神蔡松坡的革命情人，而名傳後世的風塵俠女，她就是小鳳仙。不管鳳仙生前究竟長得怎麼樣，置身在這樣一個驚天動地的歷史傳奇漩渦裏，既是護國軍神的情人，她在後世群衆心目中，便多少註定必須是美麗的。也就是說，在直覺上，大衆要她美，她就得美。正如歷史上的風塵俠女紅拂，誰也沒有見過，但無意中就是認爲她是美的。演戲或拍電影總要找個漂亮的女明星來擔任。如果有人拿出一張多少年前的破爛照片說她不美，似乎有點掃興，甚或引起一點小小的反感。

蔡松坡初見小鳳仙，有不同的傳說。有人說：蔡將軍一日喬裝商人，伴遊花街柳巷，偶然得識她的，而鳳仙本來卓犖不群，有俠義風，一見松坡，驚爲非常人，含羞帶笑，且兩相慕悅，接談得很投緣。又有人說：蔡將軍是跟楊度一幫人逛八大胡同時，各點一名姑娘，恰好鳳仙是班中惟一的三湘女子，蔡的同鄉，因此才被引介而交往，變爲蔡的政治烟幕，而鳳仙却是「既粗又俗」的（詳後文）。但是，各方似乎都不否認：蔡將軍曾題贈鳳仙一聯：「自是佳人多穎悟，從來俠女出風塵」，且曾懸掛於壁上，後爲鳳仙所珍藏。這一幅對聯，其中深有線索，值得注意。通常名人文士在青樓中揮筆題句，本不爲奇，但所題多不離風花雪月，陳腔濫調，附庸風雅而已。罕見有以「俠女」稱譽的，況「從來俠女出風塵」，指的是紅拂之類的奇女子，不是等閒的女人。那麼，鳳仙在與蔡將軍交往應接之中，必有特殊過人之處，深爲蔡松坡所賞識，否則斷不會沒頭沒腦的如此恭維她的，何況蔡將軍本來能詩，且其詩有李白之飄逸，杜牧之蘊藉，題兩句普通應酬敷衍的對聯，可以說輕而易舉，又何必這樣認眞的寫這樣奇特的一副對聯呢？這一幅聯語，文氣端莊，內情深致。一方面含蓄地贊許鳳仙，一方面隱約地還有以李靖自比的意味。蔡將軍一代人傑，高才卓識，下筆用字極有分寸，不會亂題的。一青樓女子而當得起這一聯，必非粗俗之輩。卽使鳳仙在某些人的眼中看不出特異的才情，但在蔡松坡眼中則已有所洞悉。此外，假如鳳仙眞是才品粗俗，那末蔡應酬她一兩次也就够了，何以此後經常眷顧她？何以別的青樓女子名字不被傳說出來？反正要表演沉迷於酒色給袁世凱看，也該專找大家公認的漂亮姑娘才易取信，且蔡將軍本人丰神秀態，雄姿英發，是文武全才的青年都督，風流倜儻的玉貌郎君，如竟與「旣粗且俗」的鳳仙長相繾綣，實屬不可思議的怪事，豈不令袁世凱那一群人起疑？

然而，中國道統相關的大人物，通常忌諱與風塵女子沾上什麼邊，而有損清譽，蔡將軍固然逼於革命任務所需要而縱情聲色，但旣已不期遇上「穎悟的佳人，風塵的俠女」，心裏喜歡她而深相過從，亦是人之常情，可是又囿於傳統觀念，亦未必能够多所流露。不像西洋的拿破崙、季辛吉之輩，風流自炫，略無慚色。但蔡將軍旣亦有詩人氣質，那末題那一幅端雅雋永的對聯，也算是「點到爲止」，足資後人玩索與紀念了。

我們衡量一個人，不能忘記他的社會背景。在蔡松坡的時代，達官顯貴，妻妾如雲，不算奇事。連滿身市儈氣的土財主，也是三妻四妾。絕非今日政治社會之民主法治合理清明可比。以蔡將軍的地位與才情，換個別人恐怕會討上八九個姨太太的。蔡在當時已經是鶴立鷄群，屬於清流之上的了。何況在袁賊的利誘威脅之下，終日憂國憂民，精神甚爲苦悶。他的夫人對於軍國大事，革命前途，似亦缺乏膽識，不能爲將軍解憂。在這種情況下，被他目爲穎悟佳人的風塵俠女——小鳳仙，當有其政治上與感情上的雙重關係與隱情，而未曾詳細透露。實際上在他忙迫而短命的一生，也沒有時間去寫出這一類文字。

鳳仙的姓名與家世俱不詳，連簡單的籍貫也有數種傳說：錢塘、京東、三湘乃至湖北，但沒有一種能提出戶籍謄本之類確切具體的證據，只能存疑吧。對於鳳仙的了解，由於當年內憂外患，烽烟處處，凡事無正軌，生活極不安定，新聞傳播更極簡陋，沒有記者對她專訪，沒有蔡將軍寫的回憶錄可稽。所以無論傳說之正反各方，都不能留有充分的科學性的證據，而只能各說各話。筆者以爲最有深度的東西，恐怕除了上述的蔡將軍的題聯外，要算傳說鳳仙餞別蔡松坡出京的三首詞了。這三首詞的內容與情愫，又頗爲奇特，隱藏着更多的線索，亦十分值得注意。玆嘗試從心理及文學雙方面，加以透視、分析與推論，雖不能據此下斷語，但至少不無可供參考的餘地。

這三首詞，有人認爲可能是好事的文人所僞託，但到底是誰僞託的？曾否有人訪問過僞作者？也沒有反面的證據支持。此外，還有傳說鳳仙在將軍病死日本後，撰有兩副輓聯，但這兩副輓聯却是極可疑的，不但有許多人指出爲某些名士所捉刀，卽使在文藝心理上透視，亦是大有問題，與上述的三首詞根本大異其趣，更不是出予同一人之手。又蔡將軍死後，據見過「小鳳仙」的人所說的情狀又極不同，有的說「鳳仙」是「方臉高顴，既粗又俗」，又有的說「小鳳仙」的面孔是「圓圓的、胖胖的！」還有人印出「小鳳仙」的照片，却是長長的臉！此中因果，離奇曲折，一併留待後文推究。現在先從三首詞分析起。

原來詩詞這類作品，論它形式，也許別人可以模仿；但論其情志眞僞，却是不易蒙混替代的。例如元稹的三首悼亡詩，情眞意切，並非靠特殊技巧，卽使以杜甫之詩才也是寫不出的，因爲他沒有元稹夫妻的獨特的生活歷史與不幸際遇，便沒有那一份感情。再如司馬相如晚年想納妾，卓文君很是痛心而寫一首詩「白頭吟」，這詩的意氣與情愫亦是獨特的，卽使以李清照之文才也寫不來，因爲她沒有跟司馬相如那段傳奇的戀史，怎能感動對方呢？諸如此類的詩，都是情勝乎辭。甚至「紅樓夢」中許多詩詞，充滿脂粉癡情，纏綿眞摯，單憑這些亦可推論紅樓夢一書是作者變相的戀史與自傳；若從家世的科學方法排比考證，反而是間接的軌迹了。至於民初有些知名學者，居然把紅樓夢看成反淸復明的政治小說，用某女人影射某政客等等，眞有點異想天開，對於詩詞的鑑賞力很浮薄。

當然，有許多文學名著，未必都是親身經驗，例如「水滸傳」作者何嘗落草梁山泊？他怎知一百零八好漢怎樣生活的？他又怎知武松在景陽岡怎麼打虎？西門慶在王婆家怎麼調戲潘金蓮？但這些都是化爲客觀事態與心態，只要作者了解相關之文獻典籍，並通達當時社會背景及實況，再加以個人較豐富而深刻的人生體悟，便可杜撰或編織出來，而仍然生動眞切如煞有介事。可是你如果請施耐庵寫那首林黛玉葬花詩，他就是連開一個月的夜車也寫不出名堂來，因為只有黛玉那一種古今獨一無二的痴情與靈質，善感與多愁，才寫得出那樣的葬花詩，別人寫的全是隔靴搔癢。基於上述的文藝與人生之關係，試分析小鳳仙餞別蔡松坡詞。第一首「柳搖金」云：

「驪歌一曲，開瓊宴，且將之子餞。蔡郎呵，你倡義心堅，不辭冒險，濁酒一杯勸，料着你飲難下咽。蔡郎，你莫認做離筵，是我倆人大紀念。」

沉心細慮，反覆吟味這首詞。起首三句無特色，只是誠實的直敘。從「蔡郎呵」開始進入情況，却是「你倡義心堅，不辭冒險」，一念從國家大義湧起，「濁酒一杯勸」表示佩慰與餞別，但忽然轉而說「料着你飲難下咽」，則是猜定對方私情深重，面對生離死別，無心飲酒而難下咽，於是勸慰他而再喚一聲蔡郎，「你莫認做離筵，是我倆人大紀念」。紀念什麼？紀念兩人歷史性的別離，為革命大業留下一段史話。這首詞從頭到尾看不出女方離愁別緒的流露，只是間接反映男方的愁緒，而由這男方的愁緒又再間接的表現了雙方共同的愁緒，所以女方自己的離愁反而非常隱蔽曲折。最明顯最强烈表現出來的是：撫慰與鼓勵赴義的精神，歸結而集中於最後兩句辭氣積極而造句新穎的：「你莫認做離筵，是我倆人大紀念」。全首詞很接近民國初年的口語，並無特別高明的文學技巧，然而情意懇切，又竭力以公義遮蔽自己的私情，令人有不得抒發的抑鬱感。單憑這一首還不够作判斷，因為作者胸中似乎尚有濃郁的情感火焰未曾輻射出來。試想一個女人會認眞的要她的愛人赴義，必然出於至愛，這至愛的背後同時必有極深的矛盾的兒女私情拉着。一對戀人可能單有私情而無公義，但不可能單有公義而無私情，因爲公義是從私情之擴大與貫徹。如果沒有這兒女戀情拉着，而單純要他赴義便是虛僞的，或只是不喜歡他而假借名義叫他去。所以進一步我們要細究其第二首詞，詞名「帝子花」：

「燕婉情，你休留戀！我這裏百年預約來生劵，你切莫一縷情絲兩地牽；如果所謀未遂或他日呵，化作地下並頭蓮，再了生前願。」

果然劈頭一句，就是直抒胸臆的「燕婉情」三字，既是燕婉情，怎樣燕婉下去？第二句忽又一百八十度反轉，說「你休留戀」！用堅定的命令語氣；既然莫留戀，豈不拉倒，還有什麼好說的？但她的情絲如何能斷？故緊接着又異軍突起地冒出一句「我這裏百年預約來生劵」。放着今生現有的燕婉情，叫他不要，却說預約來生劵，到底弄何玄虛呢？接下去又再度堅定的說「你切莫一縷情絲兩地牽」，跟第二句大同小異，但更具體，原來她是深怕燕婉情拖累了蔡郎，會分心到她的身上，因而影響到國家大事，故先預約了來生劵，以安對方之心。這首詞一連四句，便經過了四次轉折，徘徊振盪於公義與私情之間。但從今生的燕婉情，與預約的來生劵，已刹那間閃露出女方的癡情，亦同時襯托出男方私底下對她有既深且密的情感。雙方的愛戀，難分難捨，但又必分必捨，不容並存，於是第五句急轉直下，往最壞處設想：「如果所謀未遂或他日呵」，怎麼辦？「化作地下並頭蓮，再了生前願」，也就是「我這裏百年預約來生劵」的同一路線，所以又第三度振盪於公義與私情之間。通觀這一首詞，句子不多，但不斷反覆地衝擊於義山情海，每一句詞轉曲纏綿，不能自已。一方面深戀對方之靈魂，而對方之靈魂就是國魂，那麼成仁取義，極有可能；另一方面又深恐失去對方的生命，而對方的生命也就是她自己的生命，那末便只有預約來生劵，只有化作地下並頭蓮，再了生前願。於是乎，纏綿哀婉的男女戀情與剛毅堅決的救國情操，同時集聚在她的內心，既是統一的，又是矛盾的。然而，從字面上吟味這首詞，如不加深究透視，似乎又十分流暢自然，清新可誦，沒有造作之痕迹，更沒有絲毫的口號八股；而是一種自肺腑中直流而出的通俗口語般。是由情生辭，不是由辭生情。換句話說，從眞摯的情感而產生文學技巧，不是由文學技巧去塑造虛幻的感情。這是很難由不關痛癢的好事的文人所能僞託杜撰出來的。然而，「如果所謀未遂或他日呵」一句，頗爲籠統，未曾指出怎樣個「未遂」法？怎樣個「他日」情況？似乎心中還有重要的話未交代清楚，而不能不有第三首詞以盡其意。第三首詞說什麼呢？「學士巾」說：

「蔡郎呵，你須計出萬全，力把渠魁殄滅！若推不倒老袁呵，休說你自愧生旋，就是儂也羞見先生面。要相見，到黃泉。」

一首詞開始便呼一聲蔡郎呵，很少見，表示有特別重要的話要對方注意聽。接着愼重交代「你須計出萬全」，確切指定「力把渠魁殄滅」，再進一步又從反面說「若推不倒老袁呵」，怎麼樣？斬釘截鐵地表示：「休說你自愧生旋，就是儂也羞見先生面。」換句話說，袁世凱若不被你推倒，咱們就一刀兩斷，就算你活着回來，但我也根本不理你。

然而，她眞能與他一刀兩斷，羞見先生面嗎？不！不能！她早已「百年預約來生劵」，早已準備「化作地下並頭蓮，再了生前願」。所以，在此只許成功不許失敗的生離死別、摧肝裂膽的情況下，這首詞的最後六個字有極强烈的震撼力量：要相見，到黃泉！乾淨利落，又廻響不盡，以與前面兩首詞相呼應。總觀這三首詞是一氣貫通的，像一首長詞的三個段落，但又纒綿而曲折，堅毅而哀婉，凄麗而積極，癡情而不昧。表面看是自然流暢的小調，內在看是極深刻迂迴的感情。眞是肝腸千百轉，珠淚往肚子裏流。又好像鋼骨水泥般的愛國理性正包圍住猛火烈焰般的燕婉戀情，而讀者站在那鋼骨水泥的理性圍牆外面，不十分容易體會到內中愛情的熾烈。評析到此，再回到第一首詞，重唸「濁酒一杯勸，料着你飲難下咽」，才顯出他倆之間的深相默契，有說不出的離愁。再唸「你莫認做離筵，是我兩人大紀念」，是如何的强顏撫慰，惜別珍重。又只有把三首詞放在一起反覆廻誦，才益見前後呼應，處處啣接，其中義重如山，情深似海，極有動人的意境。這時再讀最平淡的起首三句「驪歌一曲，開瓊宴，且將之子餞」，亦隱約覺得竟是多麼的一言難盡，一曲難訴呀。也惟有從鳳仙的這三首詞回頭來看蔡將軍當初題贈給她一聯「自是佳人多潁悟，從來俠女出風塵」，才能前後兩相輝映，眞可謂彼此知心，不枉相識相愛一場。更惟有這樣的風塵才女與俠女，才能匹配蔡將軍的允文允武，滿足革命與愛情的雙重條件。

然而，有人因喜歡這三首詞，而把鳳仙的詞與李淸照相媲美，我認爲這却不當。因爲李淸照是辭勝乎情，而鳳仙是情勝乎辭。舉例說，李淸照的「只恐南溪舴艋舟，載不動，許多愁」，文字技巧極美，其實這詞句中並沒有那麼多的愁。鳳仙的詞中雖沒有說北京城裝不了許多愁，實際上她這三首詞却眞是愁滿京城的，儘管根本沒有提到「愁」字。我想如果把鳳仙的文才媲美卓文君似乎很公允恰當，因爲卓文君的「白頭吟」也是情勝乎辭的。若論文字技巧，她們兩人都不及李淸照。但眞正至情至性的文學，應該是情勝乎辭。君不見被尊爲經典之作的詩經，便是詩句樸實，態度自然的，並不在字面上取巧，更不玩花樣。我常覺得李淸照的許多詞，好比金雕玉琢的菜籃子，但裏面只放着幾根紅蘿蔔與大半斤小白菜。够看頭但不够營養。古今以來，情與辭同時兩臻極端偏鋒的，似乎要推李後主與曹雪芹，二者感人雖深，但嫌流於哀傷淫巧，不是代表健康的文學。最充實完美之世間健康的詩作，還是要推詩經與杜甫，前者稱經，後者稱聖，可謂千古定評。杜甫律詩雖極工整巧妙，但不偏不淫，端莊含蓄，精鍊深沉，婉麗豪壯，實在嘆爲觀止。這已說到題外。

蔡將軍神秘地一出京城，從此與小鳳仙果然是生離死別。在討袁護法戰爭上，頗爲順利，因爲他的最後回到雲南起義，一時消息驚傳大江南北，人心振奮，可以說兵戈未動，袁世凱心膽先寒，故能以寡擊衆，奮戰幾場後，各地已陸續紛紛響應，四海沸騰，老袁迅卽敗亡，羞愧嘔血而死，眞是蔡松坡要掉他那帝制的老命了。然而，何期英雄薄命，波及俠女斷魂。由於蔡將軍從入京到倒袁，憂患頻仍，戎馬倥傯，精神損耗過大，轉爲體弱多病，乃至平時無暇治療，一拖再拖，到了不可收拾，最後才送往日本醫治，終亦回天乏術，病逝異邦，年方三十四歲。噩耗傳來，舉國震悼，傳說鳳仙於獲得確訊後，直如晴天霹靂，萬箭穿心，此時她的愛情橫決了，因爲蔡郎已死，又已經完成了歷史大使命，便於夜晚飲刃自絕於深閨（另參考後文），留有遺書。這遺書宛然熾烈的愛情爆炸，那一道鋼骨水泥般的愛國理性圍牆被撤除了，也可以說被炸掉了。遺書中說：「妾與蔡君生前則天涯遠隔，死後或魂夢可依，當日臨別誓詞，言猶在耳，今者君死，妾烏可獨生？或者精魂仍毅，飛越重洋，追隨蔡君，依依地下，爲流寓之伴侶，如或不能，妾願化恨海之啼鵑，望白雲蒼莽中，是我蔡郎停屍之所，夜夜哀鳴已耳！」其癡烈之情，躍然迸發於紙上，再沒有掩蔽，再不必顧念一股戀情會把蔡郎的國事躭誤了，再不怕他一縷情絲兩地牽了，而是只恐蔡郎聽不到她的號哭與呼喚了。

然而，過了些日子，各界弔祭蔡將軍時，據說「小鳳仙」送有輓聯二副，輓聯是有，但到底是不是她寫的呢？自殺的人除遺書外還要預先寫輓聯嗎？我們先看輓聯寫的是什麼，第一聯云：

不幸周郎竟短命

早知李靖是英雄

讀此聯，所寫雖是事實，內中毫無感情！只是第三者冷眼旁觀的冷血輓聯，與上述的鳳仙詞及遺書之癡情熱愛，可以說有天壤之別，假如鳳仙眞寫輓聯，應該不是如此。再看第二聯又如何？有人說第二聯是眞情流露的，眞的嗎？

萬里南天鵬翼，直上扶搖，那堪憂患餘生，萍水因緣成一夢。

幾年北地臙脂，自傷淪落，贏得英雄知己，桃花顏色亦千秋。

細看這一副聯，四平八穩，對仗工整，大體上內容倒也不背事實，字句則相當洗鍊，但感情却很稀薄，思想亦不深刻。不像上述三首詞及遺書之充滿女兒腔、情人調。倒像做詩寫聯的老槍手，飽經世故，替人品題品題。至於「桃花顏色」者，自是指聲色淫冶的生涯，徒然附垂千秋，半似替她自謙，半亦有貶抑之意。但查前述三首詞之口氣，完全像一對日久的情侶，不但平等相稱，而且出語自然親暱，一副心心相印的情態，毫無半點自卑自怨狀。

所以，這輓聯如果眞是鳳仙所作，應不會有「自傷淪落」「桃花顏色」這等文句出現。況且蔡將軍老早贈聯給她時，已贊她「從來俠女出風塵」，明明不以出身「風塵」見諱。又鳳仙在詞中口口聲聲蔡郎呵，你須知何，你休如何，你切莫如何，簡直像個老伴吩咐她的另一半那樣勁道十足。可見這一副輓聯的語氣相當有問題有距離。只有一句「贏得英雄知己」勉稱親切，但這一句亦可作第三者的評語，不似當事人直說的筆調。其餘如「直上扶搖」「萍水因緣」之類，可說是陳腔濫調。按「直上扶搖」，通常暗指功名官爵方面，不像鳳仙詞中的「倡義心堅」「推倒老袁」等句，以事功正義爲主體的吐屬；絲毫不提到什麼「直上扶搖」這種做官不做事的俗腔俗調。把這副輓聯與上述三詞對比之下，非但不是同一來源的作者，而且感情之眞僞、厚薄、親疏，相去更不可以道里計。不說別的，這「直上扶搖」至少可以改爲「護國功成」，那「自傷淪落」也可以換作「立身志苦」，才算比較貼切一點；但仍然缺乏痛悼情人的沉痛感。似乎還是那一封遺書之自由體才够淋漓盡致地表現。寫到這裏，不由想起社會上的輓聯，有眞感情的很少，多半託人代撰或交由秘書幕僚舞文弄墨，所以有時迹近隔岸觀火，不掛出來也罷。

如此說來，鳳仙如聞噩耗後便自殺身死，則以後之「鳳仙」究係何人？以後之「鳳仙」既非原來之鳳仙，自然寫不出情眞意切的輓聯，而必出之於不關痛癢的名士之流的手筆了。反之，如蔡將軍死後之「鳳仙」是眞實的本人，則蔡將軍當年題聯贈鳳仙必虛，而鳳仙之餞別三詞及遺書亦必僞。然而，從詩詞心理及文藝境界判斷，與其信此輓聯與可疑之送聯「鳳仙」，不如信蔡將軍之題聯及鳳仙之詞更爲接近眞情與邏輯。那末，前後有不同之鳳仙（且不只兩個，另詳後文）又是怎麼一回事？似乎其中有一段歷史的寃情探案被隱蔽着，下文試加以研析探究。

大凡在權力美色或金錢的誘引下，往往便有不可思議的陰謀產生。從狸猫換太子，死屍藏鴉片，到偸龍換鳳，接木移花，都是司空見慣的。復查妓院中的鴇母，原是天地間一種吃鈔票的動物。她眼看蔡松坡與小鳳仙的事迹，乃是千古傳奇，而蔡將軍護國成功，名震史册，正受人民之熱愛，一旦遽逝，國人哀悼殊深，則其生前與小鳳仙之韻事，更是喧騰天下，「小鳳仙」三字眞成爲金字招牌，堪作天大搖錢樹，地大聚寶盆看待了。如此，則鳳仙殉情之後，鴇母爲了賺大錢，非無可能予以悄悄下葬，竭力封鎖消息，另覓一人外型稍近鳳仙者頂替，居其室，衣其裝。且民國初年，天下動亂未定，戶口辦理情形遠非今日這等周密，鳳仙在北京有無戶籍？有無身份證明文件？甚至有無親人？根本是匪夷所思的渺茫事。又「鳳仙」二字，本是青樓女子之花名，任何人都可以再稱號為「鳳仙」。正如臺灣之酒家或舞廳等，一個麗娜走了，再來一個新人仍是麗娜，甚至十個舞廳可以有十個麗娜，每家一個，並不獨犯法律。於是鴇母以重金請平時有交情的名士之流，撰寫輓聯，送到追悼會，以廣宣傳，亦非不可能。的確，後來官賈士人，求見「鳳仙」一面只有交談片刻者，門庭若市，而日進大洋千元，鴇母之獲重利，不在話下。甚至連當時繼任總統之黎元洪，都設法一見「小鳳仙」，但他以元首之尊既不便親往八大胡同，又不能把「小鳳仙」召入總統官邸。於是叫手下設法與鴇母聯絡，約定在某時由「小鳳仙」坐敞逢車經過某地，黎則裝作有事外出，在途中邂逅一見（資料根據「春秋」雜誌第二十卷第六期吳客滄先生所作「小鳳仙不能詩詞考」）。「小鳳仙」名氣之大，可以想見一二。其他勾欄院鴇母見財眼紅心動，她們不會不知「鳳仙」是假，但為了有錢好賺，不顧說破，而是如法泡製，如有外地或陌生客來找小鳳仙者，就中指定一個姑娘，說她就叫做「小鳳仙」，混水摸魚。這些八大胡同裏的姑娘們，平時對於楊度蔡松坡等名人常客，都是熟悉的，甚至曾經自己應酬接待過的；對於蔡松坡與眞鳳仙往事亦如數家珍。客人問起來，大可應答如流，相當內行的。只要有錢賺，殺頭生意有人做，何況自稱無名無姓的「小鳳仙」並沒有罪呢。那眞鳳仙的鴇母亦因投鼠忌器，不敢抗議。當然，先前見過眞鳳仙，後來再去找眞鳳仙的人，不會沒有。但即使於舊地發現不是原來的鳳仙，鴇母還可以說舊鳳仙因蔡將軍逝世後，心情消沉，於某時不辭而別，不知所終相搪塞。客人如非鳳仙之知交至好，不會打破沙鍋問到底。何況尋花問柳之客，多半朝三暮四，左擁右抱。既然撲了空，自然找別的女人去了，不會那麼死心眼，硬要耗費精神去追究的。而聲色場所本是供應聲色之樂的，不是大學研究所供你傷腦筋當學究搞考證的地方。然而，像這樣公共場所，人來客往，紙包不住火，總有少數人把鳳仙自殺殉情的事傳出去，但當時新聞傳播事業很簡陋，又處於動亂不安之時，無暇及此，不是今天生活安定，記者如雲，一個電視鏡頭，誰都看到了李璇的小鳳仙，萬萬假冒不得李璇小姐的（不過假冒省主席或議長姪子招搖撞騙的還是有呀）。所以，獲悉眞鳳仙眞相的必不多，但也因此少數人之傳佈，使眞鳳仙事蹟的消息得以流入民間，過了若干時侯，寫演義野史的人，卽是根據傳聞而舖展的，而不是憑空幻想的。另一方面，很多人陸續見過假鳳仙，但根本不知其爲假，既見其庸俗，於是推想這「鳳仙」是寫不出詩詞的，又加上那兩幅輓聯本來就是名士代寫的，許多人都知道的，如此有憑有據，更可坐實小鳳仙不會詩詞了，因爲輓聯出於詩詞之變體。於是眞鳳仙之事蹟不但被假鳳仙之傳說所淹蓋，連她與蔡將軍的愛情與文才也被若干人所懷疑或抹煞。

寫到這裏，我要引證若干位證人的話或資料（均屬六十三年五六月份出版之刊物），以顯示人們所見的「小鳳仙」是有不同的幾個！

「中外雜誌」第十五卷第六期王成聖先生作「俠骨柔腸蔡松坡」一文中說：某川籍元老（按未列姓名）曾見過「小鳳仙」，還親自告訴他說「小鳳仙」是「方臉高顴，既粗又俗」。又「春秋」雜誌第二十卷第五期陳大絡先生所作「小鳳仙的眞面目」一文，附有一幀「小鳳仙」的照片

（未註明拍攝時間及來源），照片雖然有點破舊，但可以明白見得「小鳳仙」的臉是長條形的！又據「華視週刊」第一三八期訪問報導「延國符委員談小鳳仙」，延先生說他所見過「小鳳仙」的面孔是胖胖的、圓圓的！諸如此類，一個小鳳仙怎麼能够一下子是方臉，一下子又是長臉，再一下子又是圓臉，豈非笑話。足見當時假鳳仙逐漸氾濫，許多風塵女郎以自稱「小鳳仙」來抬高身價，用以驕示客人，她的身份不凡！鴇母們樂得賺錢，娘兒們樂得出風頭，替小鳳仙做廣告該當「無」罪呀，而遊客們如能一見「小鳳仙」，又足以誇示朋輩。因爲從那時候起，蔡松坡將軍像天神一樣被人歌頌崇拜。「我見過小鳳仙」這句話，暗示他也沾了一點蔡將軍的光，他彷彿成爲歷史大事的見證人。一心惟恐「鳳仙」見不到，那會去想她是假。連一國元首黎元洪都要一見「小鳳仙」呢，可知蔡將軍的韻事是如何的歡動中國。也難怪，因爲他是拯救國家民主命脈的偉人。「蔡松坡打倒袁世凱」在當時許多地方已當做說書的資料，或且演「文明戲」的主題。

然而，魚目混珠結果，却使眞鳳仙受了寃屈。實際上的小鳳仙長得如何，不得而知，雖然傳說中從來沒有說她是沉魚落雁之容的，但若說她「旣粗又俗」實大寃枉。據丁中江先生所作「蔡松坡與小鳳仙逸事補遺」一文（春秋雜誌第二十卷第六期）中說：「先君（按指丁石生先生）與蔡將軍爲最莫逆之交，據先君晚年談及護國逸事，曾謂小鳳仙貌僅中人，因談吐甚爲秀雅，所以在班中爲佼佼者。」筆者認爲這一段證辭很切實際。丁石生先生爲追隨蔡將軍之親信，所見應不虛。「貌僅中人」雖非褒辭，亦非貶語，史稱唐賢臣魏徵卽是「貌僅中人」。至於「談吐甚爲秀雅」一語尤關重要，表示其人確非粗俗之輩，寫作詞令，非無可能，此與某元老後來所見之「小鳳仙」是「既粗又俗」顯然不是同一個「小鳳仙」，足供某些否認眞鳳仙能詩詞者的一項可以重新考慮的佐證。

所以，眞鳳仙是歷史上非常薄命的奇女子。論其姿貌，雖屬平常（推想風韻氣質很不凡，另有一種美感）；論其才具，則紅拂有其俠情而無其辭釆；文君有其辭釆而無其俠情。然而，論其命運，則連平凡的祝英台也不及，遑論紅拂與文君了。因爲祝英台還有個爲心愛的未婚夫殉情的流芳史迹，而鳳仙不但沒有未婚妻的名份，連自殺殉情也被一些人懷疑或否定，有的還要說她在蔡將軍死後仍操舊業，過着迎張送魏的無聊生涯，眞假混淆，傳說紛紜，其寃屈孰有甚於此者？頗似百划紅顏之遭遇。這時再想起她的詞句「我這裏百年預約來生劵」「蔡郎呵，你倡義心堅，不辭冒險，濁酒一杯勸」，豈不令人唏嘘嘆息，擲筆徘徊嗎？

話說回來，現在華視上演的「小鳳仙與蔡松坡」，雖屬小說演義性質，橫加穿揷，劇情結構與發展，大體上尚合情理。劇中的小鳳仙，也是「談吐甚爲秀雅」，亦有幾分俠義之風，這兩點李璇小姐都演得相當出色。歷史上的小鳳仙大概沒有李璇古裝那樣漂亮（但據見過李璇小姐的人說，李璇古裝與李璇本人之間有點距離，筆者沒有見過，不敢亂說）。這並不重要，就算把小鳳仙面貌之美升級若干，也是符合大衆心理要求的。此外，劇中小鳳仙對蔡將軍的鍾情也演得很好，但似乎拘謹一點，彼此罕有象徵性的親暱寫照。每次劇中的蔡松坡尤其拘謹得像柳下惠的樣子，且稍坐即去，未曾留下過。其實蔡將軍一生，在清正中有機變，仁厚中有智謀，端方中有浪漫，演他是十分不易的，不但劇本難寫，演員也難模擬。筆者既沒有見過電視劇本，當然不知把小鳳仙作何結局，是否重操舊業，還是自殺殉情？又聽說「鳳仙」輓蔡將軍的長聯要搬出來，並且已請某書法家寫好了。至於小鳳仙餞別蔡松坡詞是否要出現，亦不得而知。不過，我個人的淺見，覺得那缺乏眞情的僞聯最好不用，它不合一路演下來的情理發展。還有「小鳳仙」如果沒有殉情而仍張艷幟（希望不是如此），則尤爲煞風景，不但是對蔡將軍的一種諷刺，亦是對眞鳳仙的一項誣賴，乃至對廣大觀衆似乎迹近愚弄。因爲在演出的每場戲中，她所表現的高義深情，已令觀衆傾服愛慕，如果最後不殉情而追隨蔡郎於地下，反而利用蔡將軍之關係高張艷幟，似乎要倒盡了胃口、忤逆羣衆心理而影響社會人心不淺。實際歷史上的小鳳仙，依筆者前文的推測，相信她是殉情了的，並非出自寫演義的人之幻想。可能有人同意我的想法，可能另有人反對，這不必抬槓。退一步說，筆者草此文，至少提供一項參考，爲小鳳仙的寃枉遭遇留下一種新的解釋吧。再退一步說，此一結局至少也是文學性的人文歷史，要有所顧慮而不能輕視的。

被目爲「禍水」的楊貴妃與唐明皇、陳圓圓與吳三桂，都有大詩人寫她們的事蹟而流傳千古（「長恨歌」與「圓圓曲」），但她們對社會大衆實在沒有什麼意義，只是一個王室興亡遞變中，爭奪女人導致戰亂的消極歷史。而蔡松坡與小鳳仙的韻事，則是當時社會的一種「革命福音」，其影響是有助於中國劃時代的民主政體之「復活」，其歷史意義是積極的、進步的；對社會大象的貢獻是偉大的、永恆的。希望今後會有大詩人來寫這一段動人的史詩（不論是什麼形式的詩）。

最後，筆者於文末，謹向一代偉人蔡將軍松坡先生致無上敬意，並向他的革命情侶鳳仙姑娘默哀悼念，願魂兮無恙，長此安息吧。

（民國六十三年六月廿七日至七月二日中央副刊）

# 詠蔡松坡與小鳳仙 三首

陳鼎環

識破喬裝託冶遊　與郎初見笑含羞　英雄知己三生幸　革命情人四海謳　脂粉任隨塵百刼
葵花長向日千秋　如今民主春風路　吹散萬年帝制愁

憔悴覊京似楚囚　感卿解慰倍溫柔　俠情紅拂披肝膽　辭采文君贊策籌　朝夕蘭閨談國事
平生戎馬試風流　銷魂最是椎心別　除却成功不碰頭

浩然正氣耻封侯　虎穴抽身顯智謀　護國軍神燃戰火　風塵俠女寄同仇　功成命短緣難續
志烈魂飛愛不休　一對英靈終古在　驚天史話出青樓

（民國六十四年七月份「夏聲」月刊）

# 剪破湘山幾片雲

## ——敬悼林語堂大師

語堂先生在世時，我只偶然的想起他，因爲他總在此人間，現在這位大師辭世了，近來我常常的悼念他。

像童年時，透過屋角樹梢，張望秋夜的星星，我對語堂先生有一份靈異的感情。

回想少年時代，那可眞的是慘綠愁紅的歲月，一顆敏感的心，好讀書，又喜馳想，迫切需求有個精神上立身安命的所在，知識雖不貧乏，但思潮盡在百家爭鳴的紛亂中打滾，尤其讀過胡適之先生檢討中國文化的一些文章之後，對我國文化的認識，也更加的不穩定。這以後，我又讀到了林先生著「生活的藝術」，它的幽雅、溫馨、風趣、精緻、寬宏、洒脫、飄逸，透過了西方的筆觸，而更豐富的表達了純中國文化的精神，「生活的藝術」雖未必能够指引迷津，但至少轉化了我內心的空虛和寥寂，也使我對固有的文化，有了個比較正確的認識，從而開始嚮往和研究。

國人困擾於傳統與現代的對立，苦惱於西化與國粹的衝擊，由來已久。其實這問題，在一羣先知先覺者間已經解決了的。林語堂先生在文學上，便是具體圓融的陶鑄了中西文化； 孫中山先生在政治經濟上，更是精妙美滿的融貫了中西制度；當代哲人方東美先生，亦已在哲學層次完成以中國思想爲經、西方思想爲緯的合一思想；心性大師吳經熊先生會通基督宗教與中國天人道統，所譯「聖詠」詩篇，眞是天韻歌聲，神工鬼斧；舉世知名的生化學家李卓皓，也於科學與愛國之間，做出了傑出的貢獻與示範；水彩畫家藍蔭鼎先生的筆下，有動人的中西合璧的線條色澤，而以中國精神爲宗；歷史學家胡秋原先生，也能縱橫幾萬里，上下數千年，集結東西方歷史意義而不失中國民族立場；……像這樣溝通世界文化人物還很不少，不能一一列舉，只是有些較偏於中國，有些較偏於西洋，但在整個人口比例上還不够多而已，而有待於時間的培植與廣佈。在這一羣融會中西文化的智慧人物中，語堂先生是非常突出的，對國際作大宗的中國文化輸出的功臣，在文化史上也是十分罕見的奇蹟。他的作品震驚了歐美世界，也同樣的震驚了中國——否定了近代中國只能作全盤文化輸入，是一個滿盤文化赤字的國土。這又使我想起了胡適先生，他們兩位同是在中外知名度很高的學術文化風雲人物，所不同的是：胡先生認識的世界層次，屬於物性的宇宙觀、科學的人生觀，而林先生則是屬於情性的宇宙觀、藝術的人生觀。不過，在歐美，科學與物性，人們並不覺得稀罕，所以胡先生在外國的知名度遠在林先生之下，而在國內胡適之的名氣則大過林語堂，尤其是從五四到大陸變色前的那一段鋒芒。文化之於心靈世界，也一如食物之於胃腸天地，於某時某地的供需情況，決定其人心市場價值。然而，胡適之不是前述那些融合中西文化的先知先覺，他的思想大約以一百六十五度的斜角傾向西方（但胡氏的行爲並不如何西化，有些地方還很道地中國），更不像　中山先生那樣在文化學術上立於至中至正的方位。拿客觀的態度來看，胡先生雖然對闡揚中國文化無功，却做了另外的一項工作：對中國文化兼容並蓄的種種內涵，作了一次徹底清洗，洗下了一大盆脂垢汚水；他就是如此的對中國文化有他的洗滌的苦勞。我在少年時代先讀胡氏書後再讀林氏書，這個次序却是自己瞎碰出來的運氣，沒有一個老師注意到這個問題。我先看到了一大盆汚垢雜質沉浮的水，過了一陣才看到門後隱隱約約的花容玉臂，格外顯得楚楚動人，這使我現在悼念語堂先生的同時，也不能不悼念十多年前已先走了的胡適之先生了。現在還有些人，對傳統與現代懷着嚴重的矛盾衝突感，高喊困惑苦惱，整日糾辯不休，這實在只是清末民初的心態，而不曾好好的領略融會那一羣文化先知先覺者的學問思想或文學藝術，這種情況將隨着文化融合度的擴大而逐漸消失。

然而，對於林語堂先生的思想與作品，我不是毫無意見。記得曾經寫過一篇『「中華文化之特質」讀後』，刊於民國五十九年三月三日至五日的「中副」，斗膽批評林先生的大作「論中外的國民性」。「中華文化之特質」是一本由教育部選輯的書，刊列有關中西文化名家講座的講詞二十篇，語堂先生爲其中之一，林氏在其大作中說中國人的美德是靜的美德，中國文化是靜的文化，以與西洋動的美德，動的文化對比。我無法苟同，乃以易經乾坤陰陽思想，格物致知方法與中國歷史實蹟說明中國國民性與中國文化都是動靜兩面交感的；印度文化才是靜的文化（此處動靜都僅限於客觀陳述，不含價值評判）。此外，我並指陳「生活的藝術」一書，「祇反映以道家的人生態度及精神爲基礎的中國文學藝術中所表現的悠閒淡雅的一面人生」，屬於中國文化中靜的一面或一脈；中國文化中尙有乾陽一面的動健精神，「有堅毅不拔的蘇武精神，沉蓄忠愛的杜甫精神，縱橫西域的班超精神，馬革裹屍的馬援精神，英烈悲壯的田橫精神，橫越沙漠的玄奘精神，質實苦幹的顏元精神……豈是悠閒、幽默、清淡等境界所能包？」篇末並說：「以語堂先生之英文造詣與國際盛名，何不秉其生花妙筆，寫一部專以宏揚儒家精神的著作，以與生活的藝術一書前後輝映，成爲留傳國際的姐妹篇呢？」我不知語堂先生是否看到這篇拙文，因未見反駁指敎。但我的批評毫無任何不敬之處，所謂吾愛吾師，吾更愛眞理。雖然年齡僅及先生的一半，平生自無福份而忝列門牆，亦無私人關係，但我自少年時候讀其書，便始終視先生爲精神上老師，他的其他著作，如浮生六記英譯本，我亦十分傾慕。其實，不才如我，平日還能寫些笨拙文字，無不是承受古今中外許多前賢的文化恩澤，飲水思源，總是視前賢乃至時賢爲精神老師，不拘一門一派，自認良師遍天下，眞理滿胸懷，樂於雲淡風輕，甘爲市井小民。既然吾更愛眞理，於是吾尤愛吾師，眞理與吾師只是一事之二面，不過此理有此師，彼理有彼師，此理通彼理，此師亦應貫彼師，因此常以溝通門戶之見爲樂事，間有一二個人自發之見解，無非思有以報諸師之恩，以一得之愚反哺社會，作「春蠶到死絲方盡」的努力而已。

語堂先生在我心目中，他那一股飄逸純眞的靈氣，一直好似來自天界仙邦，到此紅塵作客，且此紅塵經他行住坐臥，以及筆墨指點後，便沾染有仙氛。當他逝世的噩耗傳來，我沒有絲毫震動之感，因爲我黯然的認爲我們無法永遠留住一位客人不走，尤其是一位飄洒出塵，志在四方的仙客（他幾乎有半生不在中國），更何況他給我們的也已經够多了，只是我無緣目睹恭送他揮手而去，那天報紙的訊息好像是他丢下的一張留別紙條，而他的精神靈氣，却永留於雲山花樹、晨熹暮靄之間，他的溫馨情趣更永遠與其廣大無邊、綿綿不絕的讀者相感應。他的文章英奇，志行高潔，是中華民族的優秀代表，是人類世界一朶文化奇葩。他的書洋溢着愛國愛人的情操，他的遺骨更永遠與祖國的泥土相廝守。語堂先生，早已安息了。雖然他是一位虔誠的基督追隨者，但我想起他的衣襟風釆，臨此人間，彷彿是唐人絕句中兩行詩所描寫的「來時玉女裁春服，剪破湘山幾片雲」。今後，每當我展望山雲飄動之際，就宛若看到先生又行過那一座山頭去了。

（民國六十五年四月十日中央副刊）

# 一代奇才管先生

天才自古託閒情　杜牧揚州載酒行
放鶴空懷林處士　圍棋豈學謝先生
因承恩遇求捐國　不爲功名始請纓
他日東皋歸舊約　青山綠水好深耕

我在友人的書架上抽出一本書「管容德先生紀念集」，隨手翻開，首先讀到這一首無題詩，還以爲這是一位文采風流、落拓不羈，像詩人杜牧那樣的名士，又像淡泊明志，質樸純眞的隱士陶淵明，先是「猛志逸四海」，結果以詩酒終其身。但我陸續翻閱年譜自傳等文字後，訝然發現書中人物竟是抗戰時南京地下行動總隊少將總隊長，指揮八千多健兒，縱橫於京畿及周圍十餘縣，予日寇及漢奸以沈重打擊，深爲敵僞所忌恨，乃懸賞十萬大洋（相當新臺幣三百餘萬元）以購買其頭顱的英雄「徐禧」（先生之化名）。南京陷敵前，他原是首都偵探長，一身是膽，智計絕倫，屢破奇案的福爾摩斯。前此，在杭州偵緝隊長任內，兵不血刃，破獲根深蒂固的杭州烟毒總機關，依法槍斃毒犯三十八人，使奸邪聞之喪膽的閻王煞星。這使我大感興趣，於是借回這一本紀念集，還有一本先生遺著「履險如夷」，以便仔細閱讀。

更使我詫異的：這些驚天動地的傳奇事業，却是十五年中的客串，原來先生志在藝術，萬想不到他是上海藝術師範大學的高才生，畢業後一方面留校爲助教，一方面繼續在研究所攻讀，時常有文章發表於報刊；但平時又雅好偵探學，盡搜歐美偵探之類書籍研究，豁然貫通。民國二十一年執教杭州中山中學並兼訓導主任。適其時警官學校初開偵探學課程，教師人選，極費張羅，經人推介管先生試爲講習，績效甚佳；並獲識戴笠將軍，接談融洽，引爲知己，嗣卽正式受聘爲偵探學教官。遇有重要案件，黨政軍司法機關友朋，時來研討，恒得破案，因而早有福爾摩斯之譽。民國二十三年，戴將軍要求他辭去中學教席，專任教官且兼任浙江省公安局偵緝隊長，自此逐漸身負重任，度其出生入死的驚險生涯。

然而先生終身愛好藝術，就其紀念集中影印的字畫墨寶，眞是無體不工，無筆不妙；其詩又大有可觀，豪放處如陸游，沈雄處似子美，眞淳近陶潛，婉秀若杜牧；且又能金石篆刻，才藝之高之富，彷彿藝壇才子唐寅。但先生又是滿腔熱血，忠愛民族國家。當國家需要他時，赴湯蹈火在所不辭。秉性剛正清廉，愛民似子，嫉惡如仇；獨對富貴榮華相當冷淡，所以詩中說「因承恩遇求捐國，不爲功名始請纓」。民國三十八年，時局驟變，先生深感中國之所以多災多難，實因學術不振，復加道德沉淪之故。所以對教育文化工作，用心尤苦，且認爲中等學校教育，更爲重要。因人之一生，其品德、學識、才幹、人格均於中學時奠其基礎。於是，自請退出軍職。來臺後，刻意獻身中學教育，培育青少年，專授高中國文與美術，並兼導師，自寫座右銘曰：「必須把學生當作自己的兒女，才有學校教育；必須把兒女當作自己的學生，才有家庭教育。」又說「學生之前途，乃教師的生命」，所以抱病時還要不停止改作文批週記。雖然生活清苦，仍樂於濟助清寒學生。家計短絀，每以賣畫爲補貼。平生手不釋卷，不停畫，不停書。學問淵博，工夫深沉。始終學不厭，敎不倦，樂而忘憂。

先生之廉潔，居官時固不必說，因爲撤退時，他從浙江轉到廈門，一家僅餘一塊大洋，靠其學生幫忙開了一次畫展，始度過難關。卽在臺敎書生活中，對於金錢之取捨亦異乎常人。敎人繪畫或補習，一概不收費，說「收費補習，余卽喪失興趣」。有一次，一位女同事，要求先生敎授山水畫法，問每月要收多少學費？他幽默的笑答：「我不賣山，也不賣水，所以不收錢；只要你有心學，我就樂意敎，我們是讀書人，不能談生意經呀！」「五十六年六月間，大師響應人事政策，自請退休，公文剛一擬好，就有調整待遇公布，校長及人事主任均主張緩幾天發文，當可多領些基數，但是大師堅持不肯，一定要在六月底以前報出，且說這種投機取巧的事，卽使餓死，也不做。」（此段文字錄自王德琴氏所作「敬悼管容德大師」）

造就先生之人格學問，固然有其優異的秉賦，但其童年生活與中學時代敎育，對其影響亦不可忽視，先生世居浙江黃岩一鄉村，累代務農，努力耕作，僅堪溫飽。五齡入私塾，七齡勤讀四書，並好書畫，每歲終，輒爲村人寫春聯。晨夕常爲其祖父繪佛像抄佛經，有神童之稱。豪紳嫉之，曰：「是窮人子，雖聰明，何用！」九齡，民國肇造，父祖兩代決心予以深造，越二年，使負笈城南之樊川學校。十五齡，以同等學力考入浙江省立第六師範學校，且居榜首，二十一齡，將入上海藝術師範大學，豪紳又大笑曰：「螻蟻殆欲登天。」管父憤甚，傾力促其行，諭曰：「識之！以雪恥！以報怨！以洩吾與祖生平之恨！」先生含淚受命，不敢忘。（以上節自先生自述摘要）。樊川學校校長張劍情氏，愛先生甚於其子，常爲講述往聖先賢事迹，欲其倣效。一日，既授岳陽樓記，傍晚閒坐桂花庭中，呼其侍立，問何謂先憂後樂？舉附近農民及先生父祖爲例，以明天下之憂，先生淚又涔然下。張校長乃歸結於士尙志，謂解決生民疾苦，卽士所尙之志。故凡天下有一人不獲其所而不知救，居高位而圖身家之樂者，皆非士也。校長接着撫摸先生之頭，微笑地說：「范仲淹是宋代名臣，能文能武。因爲個子矮小，寧夏人稱他范小老子。你的個子將來也不會很高大，却像范仲淹，好好努力！」先生深受感動，遂成爲其日後偵奸伏暴之中心思想，以及廢寢忘餐，作育青年之動力。第六師範校長鄭鶴春氏，授先生以科學方法，成爲後來從事敎育、偵探、軍事、政治、經濟、情報、行動等工作之方法。（以上見先生自述及講詞）

先生所受大學敎育，主要在於藝術方面，敎授中之陳抱一、陳之佛、關良、豐子愷等諸氏，均對其頗具影響。國畫盡習南北諸宗派；西畫則自古典派學至後期印象派；書法臨碑帖近百種。書畫之外，又好文學。而先生之詩，非單純長於文人之詩而已，且聖賢功夫精到，氣象不凡，頗有王陽明之風骨，例如寫松並題一律：

老幹崢嶸永不凋　道根自是種前朝
餐風飲露蟠危谷　戴月披星聳碧霄
浩氣雄如滄海日　嘯聲怒似浙江潮
都因夫子評題後　分外孤高故寂寥

眞如一將當關，群邪懾伏。有一種以天下爲己任，擔負生民疾苦之大氣魄。寫松實所以自寫，題詩實所以自題。

詩以言志，最足表現作者的性情品格。以先生之博學多才，其詩也是多方面的，玆舉數例如次：

三十年元旦感懷

怒髮衝冠恨未平　金陵賣國又簽盟
秦淮水碧笙歌冷　孝衞山寒壯士烹
賊寇成羣皆肆虐　市民挨戶不聊生
樓船何日乘流去　痛把奸邪一掃清

蓋寫汪僞組織媚顏事賊，荼毒同胞，而義憤塡膺。

三十年冬道出念摩嶺接收句容

道出念摩嶺　西風無限愁　黃花隨地亂　紅葉滿山秋　萬戶傷心淚　千軍切齒仇

相期爲祖逖　肝膽照神州

以上二詩對國家忠愛、對敵僞憤恨之情，溢於言表。

又六十生辰放歌，追寫抗戰往事云：

荷戈橐筆大江東　破碎山河百戰中
隴畝有人皆赴死　都城無士不圖功
千家匕首秋霜白　十里郊原春草紅
三月亡華胡虜夢　書生戎馬自爲雄

寥寥幾句，道盡敵愾同仇，浴血抗戰之壯烈情景。全詩兼具豪壯與婉麗之美，「千家匕首秋霜白，十里郊原春草紅」可謂名句名聯，足垂千古。

然而，先生小詩，又婉約而極富韻味，例如「示瓏兒」五首之二：

湖邊幾度野花開　父女翩翩醉酒來
柳浪羣鶯猶解趣　啼聲緩緩競飛廻

同詩之四：

世路行來似轉蓬　江東飄泊對川東
荷花塘上兒時事　早付胡奴獵火中

又先生與夫人甘苦共嘗，感情極篤。於敵僞地下工作時，其夫人及年幼公子曾不幸被俘，敵寇以此為要脅，欲招降之，自不為所動；而夫人機智逾凡，卒能安然從虎口中走脫。先生有「故事詩」，按詩韻順序，共賦三十章，寫盡悲歡離合，兒女私情，玆隨擧兩例，第十二首云：

恰似燈遊樂上元　匆匆秉燭到溫垣
甌江風月無邊夜　一醉盡消楚客魂

第十五首云：

七情總是愛居先　此別蒼茫烽火天
仗節如今惟一死　不將雙淚落君前

於其夫人四十二歲生辰時，為繪江湖浪迹圖，並賦一律，兼寫天倫之樂，閨中情趣，極美極妙：

十五年來世味淸　江湖燈火話安平
時而鬻畫謀柴米　間亦請纓玩甲兵
翹首荆關終栗碌　齊眉梁孟最風情
鬢邊白髮依偎數　兒女堂前笑失聲

末兩句較青年新婚夫婦之情愛，更多一層溫馨。

先生以才藝高超，而又道境眞淳，出入儒道釋與中西文化，故其下筆有奇趣，再如「五十年答詩鄧校長之贊許」云：

當年流血滿秦淮　人道將軍有雅懷
飄盡平生涕淚後　天眞縱放學乖乖

從一個怒目金剛，叱咤英雄，多情種子，一下子又轉變爲稚齡童子了。同時，先生更空盡外物，超然塵俗，「寄靜德和尙」一詩云：

依稀一夢走天涯　卅七風塵事事乖
蒼狗白雲無寄住　黃鐘瓦釜甚參差
不求壯士凌雲志　且訪高僧冷月懷
安得相期獅嶺上　野人攜酒好茹齋

且莫以爲先生此詩有消極意，有牢騷味，實是能放得下萬緣。他另有一詩說得好：

自是淵明怕折腰　辭來權貴友漁樵
案頭羅列惟靑史　窗上縱橫是綠蕉
子弟純眞多惕厲　先生坦蕩少牢騷
名山偉業平生事　坐聽弦歌破寂寥

淵明高潔但避世，先生高潔則入世。且居仁由義，興於詩、游於藝，更能「書生戎馬自爲雄」，眞是「名山偉業平生事」。這「坐聽弦歌破寂寥」，却別有一解，蓋另一詩云：

不求高隱不超然　苜蓿盤中有性天

簷漏雖嫌穿石晚　　籬花却爲傲霜妍
河山再造重敷教　　歲月無窮最値錢
放眼中華兒女好　　故將熱血付青年

說明先生因憂時傷世而以教育青年，復興民族爲職志，以坐聽弦歌、春風化雨爲樂事；不是像孔子栖栖皇皇周遊列國，不得志才退而專心從事教育。先生是一向無往弗適，他所謂的「天才自古託閒情」。至於幹過爲國捐軀的英勇事業，那是由於國家需要，由於時逢知遇。先生曾說將來國家用兵時，仍然請纓馳騁。其坦蕩磊落，風流蘊藉，是才子，又是英雄，更是聖賢。以先生之學問人品境界，的確是「分外孤高故寂寥」，甚至他還有詩說「秋風易水知音少，落葉秦淮感慨多」；但他畢竟坦蕩少牢騷，主要原因在於「苜蓿盤中有性天」！不一定要跑到深山中才有性天，而是日常的行住坐臥，一沙一草都是道境；蔬食飲水無不有超世風光，正如他所說的「道根自是種前朝」。其聖賢功夫極深，故又彷彿如童稚，無處不可樂。先生雖有所憂，那一直是憂國憂民之憂，所謂「先天下之憂而憂」；至於他的樂，也不是世俗之樂。先生之樂是一種恬淡之樂，相信卽使天下一統太平，大家豐衣足食，都樂得大吃大喝，甚至歌舞通宵，先生依然是只取他的恬淡之樂。

綜觀先生之一生，做人崇儒學，做事憑科學，調心如佛家，持物似道家。儒學中規中矩，但如無科學精神方法，易淪於鄉愿；道家遊神萬象，但如無佛心調攝，易流於放浪。故先生之生平一切甚奇特。還有先生一首論畫的詩也很精闢別緻：

古人在昔亦今人　何用追求苦費神
南北無宗師造化　中西合璧看存眞
天生衆庶資材異　筆到忘形意境新
入眼芸芸皆是畫　工夫深處自精醇

先生之畫雖美，遺憾的是我無緣一見作品之原幅，因紀念集上影印後已縮小太多，對氣象色澤之欣賞已大打折扣。但先生之書法影印，則無礙於欣賞，各體俱工。我尤愛其行書，婉麗中有遒勁端莊之氣，得天地剛柔相濟之美。這也正好象徵他既是福爾摩斯，又是唐伯虎；既是祖逖，又是顏回；居官如范仲淹，帶兵如岳武穆……總之，他的身上統一了極多相反的特質，而能去二者之蕪，存二者之菁。平凡中有很多人所不能的偉大，偉大中又有不惹人注意的平凡。這大概就是近於超凡入聖，而又化聖入凡的大工夫大境界吧。

先生曾經感慨繫之的說：世界是如此之美，爲什麼有些人的心不美呢？我想加上一句，世界是如此的奇異，爲什麼奇才異士却那麼少呢？卽使有奇才異士，其知名度還不如電視上唱歪歌的。在茫茫人海中，我無緣認識先生，那幾乎是理所當然的；但我有幸拜讀這兩本書，等於在精神上認識了他，亦可差慰平生。他的門人親友等收集及撰寫的「管容德先生紀念集」，是非賣品；先生自己遺著「履險如夷」，紀述他平生的一些動人的事蹟，而出之以文藝創作形式，流暢白話，像福爾摩斯探案那樣引人入勝（花蓮華光書局出版），但從來不見刊登廣告，發行量恐怕不太多。我反覆讀完這兩本書後，禁不住要寫這一篇文字，並且投寄中副發表，爲了希望使更多的人同我一樣的沐浴於先生的精神光輝裏。因爲中國太需要像他這樣的人格，一大羣像他這樣智以知仁，勇以行仁的人物。這是一位「餐風飲露蟠危谷，戴月披星聳碧霄」的偉丈夫。

先生字乃大，生於前清光緒二十九年除夕，公元一九〇四年，卒於民國六十年夏，公元一九七一年；因染急性肝炎，病逝臺灣花蓮，距其退休後第四年，得世壽六十七歲。他的一生都在做着大事，無論是在朝還是在野；在火線還是在杏壇；當忙碌之時還是閒居之際；都沒有浪費一寸光陰。而他所做的大事，正是　中山先生所說的「青年要立志做大事」的大事。至於「當年流血滿秦淮」的傳奇史實，已多半寫在「履險如夷」一書，不是我這一篇文章所能複述得盡，而摘要則不免遜色。願天下有心人，有緣人，有機會時一讀，以擴大分享先生的豪情機智，浩氣雅懷。

（民國六十五年二月廿三、廿四日中央副刊）

# 雲采音書

——答一位大專讀者的信

每當我接到讀者的來信，便彷彿在心靈上飄來了一片雲采。

細讀信中之言，充滿了謙虛、好學與開放的胸懷。雖然，也許如你所自謙：是屬於懵懂而又帶股傻勁與狂熱的青年，本身所具有的學問知識，還不足去判斷事情的眞僞，肯定事物的價值。但我深深覺得：你却有犀利的解剖作品的天賦眼光，以及强烈的傾向獨立思考的習性，這是多麼可愛的特質。

反覆想着來信的兩句話：「當然，第一次給可望而不可及的作家請敎問題，那隻握筆的手是一定要有些微的顫抖」，我警惕到一個問號：是我的作品不能留給你平易的感覺？還是我所評論的問題本身，客觀地具有深奧性？無論何如，請你把我當作你的同學朋友中的一分子，不要看做什麼作家。我們是站在同一地平面上的現代人，是彼此巧遇於這個星球上的行旅，不過初初邂逅於中副走廊吧！相逢何必曾相識？相識何必比高低？在這樣的前提下，我無所拘泥地隨筆聊聊你所提出的問題。

你問我都讀些什麼書？我讀過最嚴肅的書，也讀過最荒唐的書；讀過最現實的書，也讀過最玄虛的書；有時，我在書店裡，可以五分鐘十分鐘而讀一本書；有時，書中的一兩句話，我曾思索數年之久才罷手。書，根本讀不完；雖然我好讀書，但從來也不想讀太多。後來，我愛讀自然的「書」、社會的「書」，像山水花木，蟲魚鳥獸是自然的書；像歌樓舞榭，世態人情，是社會的書。書中文字，無非表示某種意義，所以能讀出意義的一切現象，其本身也就是天然的文字，天然的書，繁難而又簡潔，深奧而又平淡。於是我以爲讀書與生活是一體之兩面。善讀書者，讀書卽生活；善生活者，生活卽讀書。假如讀書而脫離生活，變成痛苦的手段，那是戕害人性的，像古之科舉式讀書，今之惡補式讀書。在我看來，生命是長長的一部可愛的書，而一個人自己的心更是一本無限美妙的書。因此，也可以說，不必擔心我們讀不完世界上的書，而是惆悵世界上的書永遠寫不完我們的心事與生活呀。

你又問我寫文章依從什麼法則？我寫文章依順自然法則與誠實法則。我覺得自然是生生不息，噴發着創造與變化、愛心與歡愉。所以，文章若眞能自然，就是能融合造化，順應人心，親切而又新奇，像一見如故的新朋友。但世事還要人爲，人爲本來也是自然的，無奈心靈常因認識外象而同時却傾陷於外象之中，遮蔽了整全的眞理而產生偏見，偏見產生私心，私心引發虛僞。偏見與虛僞的文章，不曾成熟，缺乏光輝，必定依靠外表的粉飾舞弄。所以我確信誠實是人爲的方法，用以補救而契合自然的憑藉。我欣賞中庸上的兩句話：誠則明矣，明則誠矣，而成爲善性循環。誠實是生命之正道，立國之正道，更是文章之正道。寫文章一如做科學實驗，立足於誠實之上。從中國的孔老到外國的耶佛，從科學的愛因斯坦到文學的索忍尼辛，從寫實的「人性枷鎖」到浪漫的「桃花源記」，都是誠實的心聲，不過彼此託之於不同的符號、形式，或寓言罷了。

你又問我如何能判斷一本書的好壞？我想一種作品除了起碼的文字能力外，最重要的是能察悟多少生命的眞諦，然後能了解生命的病態、社會的病源，然後能從內在洞悉人生，而反映現實，進而啓廸人生，然後作品之深淺自見，好壞分明。反映現實的作品必能流行；啓廸人生的作品必能垂久。但是，讀反映現實的作品要人在作品外，不要被捲入書中去，染得一心泥而無補實際；反之，讀啓廸人生的作品，要人在作品內，而不要被文字之帷幕遮住，才能汲引並激發最深的心靈，使智慧的光輝能駕馭物欲情緒。然後，不論讀什麼壞書都是免疫的；無論讀什麼好書，都易於吸收；無論讀什麼半好不壞的書，都能去蕪存菁。理雖如此，然而每一個人的性格懸殊，學養各異，興趣參差，同一作品對不同的人，它的影響却是不同的，甚至同一個人，在某一時期讀某一作品有害，但在另一時期却能有益，譬如醫藥與營養品等，各有不同價格，但對於每個人效果，應視其人之健康狀況以及醫生之運用如何而定。有時，好書猶如營養品，壞書好比藥劑品，但蛋白質維他命A吃得逾量，一樣會中毒出毛病；反之，有些可怕的藥物却能治絕症。君不見馬克思勤讀唯心大哲黑格爾書，却讀出唯物論來；反之，索忍尼辛精讀馬列書，却讀成一條反共鐵漢。有人讀聖經，讀成神經病，還不如多看兩遍「查達萊夫人的情人」，又有人讀聖經得到大解救而感恩零涕；有人讀佛經，斷章取義而消極想死，有人讀佛經却愈讀愈勇猛堅强（例如唐玄奘孤身橫越大漠之氣魄超過任何探險家）；有人讀儒家書而通達淹貫，有人讀四書讀成冬烘頑固。諸如此類，不可勝擧。所以，我不能告訴你那一本書絕對必讀，那一本書絕對不能碰。作品之功能，還要看每個讀者的氣質、性向、人生經歷階段等而定。在我看來，斤斤計較於判斷一本書之好壞，還不如先判斷某一個人該先讀什麼書，後讀什麼書，以及那一本書應讀到那一種程度來得更重要。現在，不少教師教學生，不問每個學生之特質何在，而出之以統籌的判斷、統籌的施敎，這好比一個老師只因班上有一兩個學生患散光眼，却命令全班學生都配載散光眼鏡，你說是嗎？

你又擧例說，許多人罵瑤瓊的小說，罵得體無完膚，問我的看法如何？我想，瓊瑤女士的作品是從外觀逼視人生所作的外在上反映現實，但套上十分流暢的筆調，華麗奪目的詞藻，所以也能流行，成爲通俗的消閒讀物，缺乏深度的內在啓廸性，但話說回來，具有深度的內在啓廸性的作品本來亦不多，似不能猛烈獨責瓊瑤一人。就我個人來說，偶然讀過一些她的作品，我的感覺好比夏天喝酸梅湯，無所謂什麼影響，當然這只是我個人的感受，並不是冠冕堂皇的文學批評。你讀她的小說，近於批判的態度，拿得起，放得下，這便得了。至於你對她的感想如何，還會隨年齡、知識、經驗而遷變，何必要定個是非在今朝呢？

信寫得長了，謝謝你的來信帶給我一串溫馨，願我的答覆能使你滿意，或部分滿意，或可供一些參考，願我的回音也像一朵雲采般飄落你的心靈，同時夾帶着一束陌生而又親切的祝福！

（民國六十三年九月廿二日中央副刊）

# 不爭脂粉淡粧台

——評謝霜天的「綠樹」

我本來就愛鄉村景色，但看過藍蔭鼎先生的鄉村水彩畫後，我更愛臺灣的鄉村景色；我本來就愛田園情調，但讀了謝霜天女士的田園散文後，我更愛臺灣的田園情調。

二十多年來，臺灣的農村生活，從民生主義的繁榮路上走過，她的物質面貌起了動人的變化，也因此她固有的精神面貌，更值得作歷史性的回味。藍蔭鼎的神妙水彩與謝霜天的淳樸散文，是兩面令人頻頻回顧的文學藝術之鏡，從裏面反映出一串吉光片羽的懷念。

「河岸人家」中有幾段寫道「日出後，呈現在田原上，是一幅熱鬧的勤耕圖。男人吆喝着牛犂田，揮着鐮刀修田塍，舉着鋤鬆土除草；婦女們彎着腰採豬菜、挖番藷，在一行行的菜畦中澆水、施肥。汗水無聲地滴落在土裏，再從土裏滋長出無窮的希望。陪伴着這些的，却是輕鬆的一面：牧童從林木深掩的山谷中，傳來捲葉吹奏的俚歌；送點心的孩子偸空去檢田螺和摸蛤蜊，互相潑着水嬉戲，在石頭間奔跑追逐。淙淙的水聲在低低的河谷裏響着，白雲在高高的藍空中飄浮着……。

直到落日把山的陰影拉長到河心，灰色的天幕遮蓋了整個田野，才各自收拾農具，準備上歸路。回到家，往往已是月上東山的時候了。

晚上，農村沐浴在寧靜的氣氛裏，操作一天的人早早的上床，以儲備明日的精力。等到農事忙完而春水又足，田裏稻苗已成葱綠一片；或是秋收過後，金色的稻子堆滿穀倉，花生塡實了一個個蔴袋；這時河灣上的人家有了餘裕的時間和金錢，看歌仔戲就成了最大的享受。

我們鄉裏共有兩家戲院，偶爾放映電影；但鄉下人胃口不大，所以多半演歌仔戲。遇有兩個旗鼓相當的戲班同時來演，那就有一番好瞧的了。

每當暮色四掩，油燈剔亮，我們還坐在晚飯桌旁用餐呢，下屋的人已成群結隊的來到大門外，直着喉嚨喊：「看不看戲？快走呀！」於是，喜歡看的便立刻丢下飯碗，抹抹嘴巴走了。等到戲鼓收過，時間也晚了，岑寂的山林裏，響起了夜歸人的低語，和村犬的吠聲。夜，被點綴得格外安祥、親切而動人。」

隨便擧的這幾段文字，祇是淡墨素描，既沒有做作渲染，也不是死板的照相，但已自自然然地把握住鄉野的淳樸恬適的氣氛，而恰到好處地舒展出來。也許謝霜天是屬於大地的，似乎有一個田園的靈魂指引着她的筆，因而好像不費吹灰之力那樣，便呈現了它自己的面貌。此外，這個田園的女兒，讓讀者透視她作村姑時的內心秘密，又是別開生面的：「姐妹倆一面洗衣，一面談着說不完的心腹話，女孩子到了那種尷尬年齡，許多話連父母都不願提起，只有年紀相若的姐妹才能溝通彼此的心靈。在這時，天寬地闊，除了河水的低喃，風吹蘆草的微響，再沒有可厭的人物在身旁，儘可放膽的說，講到知心處，倆人不是嘆息，就是暢聲大笑。」就這樣寥寥的幾行，把女孩子那種心理，若隱若現、半隱半現地勾勒出來，多一分則嫌俗，少一分則不靈，眞是洗鍊飄逸、神來之筆，點到了心窩裏，逗得人反覆誦讀，回味不盡。

「綠池」一文，美如童話世界，有栩栩如生的意境，例如：「到了冬天，池水低落，春季放養的魚苗都已長肥了，於是約好近村的四、五位壯漢，借來一面大網，開始撈魚。大家吆喝着，合力把網從池的那岸拉到這岸，拖上來時，網裏的魚兒，金紅銀白，在陽光下閃爍跳躍，一陣陣潑剌剌的響聲，使終年辛勞的大人們綻開了笑容，一籮一籮挑回家去。收工後，好客的父親又東邀西請，讓鄰居好友們享受一頓鮮美的生魚片。

鄉居的童年歲月，還有什麼比這樣的日子更熱鬧、更快樂的呢？下塘離家較近，疏疏落落的幾株果樹，連着密生的翠竹，圍繞池塘的三面。另一面搭着瓜架，並有兩棵粗壯的木瓜樹，池旁有一口深井，十餘歲時，每逢暑假，二姐和我在井邊洗衣，分擔部份的家事。

那些清晨，我們一面洗衣，一面等候日出。日出的方位，剛好在兩顆木瓜樹中間，又圓又大的朝陽，似乎被粗大的樹幹擠紅了臉，一攀上樹巔，便火得金光亂閃，把池塘照耀得如同一大片揉縐了的金箔，叫人一時張不開眼。

一會兒，父親打開柵欄，放出鵝鴨，趕下池塘。乍出牢籠的蹼足動物們，忽兒沉下去，忽兒浮上來，這裏呱呱，那邊呷呷地叫個不停，用盡所有方式來表達牠們的歡樂。父親蹲在井旁，笑地欣賞。而我更欣賞父親那一刻的神態——安祥、恬適、滿足，一個書生兼老農的典型，儒雅而樸拙的氣質。

我喜歡在池岸竹林下看書，我發現再沒有比帶水氣的竹風更清涼的了。陽光明朗的早晨，瀲灩的水光，折射在青葱的竹葉間，粼粼閃動，恍似懸掛着許許多多的金磬，一陣風來，便有清新的樂音洒落。最愛那靜竚枯枝的翠鳥，當牠見到獵物時，倏然展翅撲下，啄起了魚兒，又翕然遠颺，暫忽的一瞥，却給綠池平添了一抹鮮麗的色彩，在我記憶中留下永恒的美感」。這一篇文章又很富有王維的詩情畫意。

「有山如浪」那一整篇，像一首散文詩，情感眞淳樸茂，文筆瀟爽清奇。作者平生仰慕陶淵明，「少不適俗韻，性本愛丘山」也許正是謝霜天的生活趣味，所以她對山有異乎常人的親切而透澈的體驗，劈頭起句便說：「一道綠浪般起伏的山，自我的窗框前推湧而過，是那樣臨近而眞實，令我禁不住感到陣陣的興奮」，這山是那麼活潑生動，接着作者描寫山的百態千姿，訴說對山的愛慕綣戀。

隨便舉一小段吧：「我愛疾風吹拂時的山。當風從平地翻騰而上的時候，那一株株高大的樹木，便豎起淺綠的葉底，高擎枝柯，像揚鞭奔躍的駿馬，一匹接一匹，一群接一群，朝山巔衝去。那些依偎在山腰的白雲，只好退讓着、閃躲着，滑過嶺頭，歸向遼闊的蒼穹。山，其實並不呆滯而寂寞的，年代緜久的山上，永遠有年輕的樹木，爲它應和着天外飛來的消息。」中國山水文學早已發達，民國以來描寫山的散文傑作亦不少，但從未見過像「有山如浪」這樣瑰奇的情感與筆法，眞可上追陶謝，未有遜色。我在前文已說，謝霜天的靈魂是田園，那麼高山流水，如不是她的兄妹，便是她的愛人了；否則怎會有如此天機妙趣，不假人工的親切自然之筆呢？

孕育着謝霜天的淳樸自然之胸懷與秀朗清逸的筆調，除了大地作她的慈母外，她幸運地獲得上蒼賜給她的一個詩人父親——眞正耕讀相隨的儒者農夫，仁慈和藹而又勤勞儉樸，淡泊明志而又古道熱腸。他終身每日寫日記，自署「蕉嶺逸人」，詩亦淡樸可愛，是一個頗有深度的「白首臥松雲」的勞動者，而不是游手好閒的品花之客、醉月之士。全書有四篇文章——「父親與燈」「父親健在時」「梅花」「兩個筆盒」——記敍而懷念作者的父親，充滿了崇拜與孺慕，蘊蓄着刻骨銘心的父女之愛，以及所給予她的啓示與影響。文章深沉細膩，樸茂純眞。尤其「父親與燈」一文，極具綿勁的感染力。這篇文字與中副刊過的另一位作者的佳作「風木哀思」，從任何角度看，都大不相同。「風木哀思」是三句一哭，兩行一淚。「父親與燈」則沒有哭，也沒有淚。它與朱自清的名作「背影」在某方面稍有接近處，而感染讀者心靈之力似猶過之。這篇文章結尾幾小段甚奇：「有誰料到，就在第二年的一月末，父親爲了修理屋後泥濘的小路，不愼滑倒，而致腦溢血逝世。那日，正是我搭車回家度寒假，歡天喜地的踏進家門，却看見滿院子狼藉，人進人出，一片哀聲，心裏頭能不震駭萬分？

喪事完畢，我走到父親平日讀書的地方，只見書桌上擺設一如從前，他未看完的一本書，捲摺着放在詩稿上。硯池中的水才乾了一半，一支細狼毫筆仍擱在硯台旁。右手的抽屜裏，有他題署「蕉嶺逸人」的日記簿，去世前一天的日記只寫了一部份，因爲他習慣在晚飯後補足的。

瓦斯燈仍擺在原來的位置，清淡的光撲落在父親的籐椅上，兩邊的扶手，發出淺褐色的潤澤。就像是父親有事出去了一會，馬上又要回來，鋪開稿紙，拿起那支毛筆，寫下他剛擬好的一句新詞……。

我楞楞地坐着，想起父親點燈的情景，秉書微笑的面容，談論來日充滿希望的神采，他的低鼾聲、吟詩聲，和着瑟瑟的風聲，一齊在我的眼前耳畔閃現，我怎能相信父親已安息在那山崗之上、松林之下？」

作者在「震駭萬分」後，立刻另起一段寫「喪事完畢」，僅此四字，將一切哭與淚一筆勾消隻字不提，然後說走到父親讀書的地方，睹景思人，好像父親還在「秉書微笑」、「馬上又要回來」、「充滿希望的神采」與「吟詩聲」都還在耳目，「怎能相信……已安息在松林之下？」令讀者初讀一遍後覺得宛然她的父親並沒有死，似乎與瑟瑟的風聲同在，或只是一時睡下去而已。如此筆法寫深哀遽變，亦是古今罕見的。這篇文章，必須從頭到尾細細連讀好幾遍，方見其情之深，其愛之篤，其心地之曠達與乎化哀傷爲希望，轉死亡爲永生的潛在力量。而這一切哲學似乎又不是謝霜天自己所明覺的，而是在無形之中，長久受他父親深厚的中國文化的潛在影響，正如精神分析學中所指的「種姓記憶」(Racial memory)，透過文化之流而隱藏於潛意識中。謝霜天從小受他父親的深刻的薰陶感染，已不自覺的在潛意識領域接受了民族文化的內在智慧。但謝女士是否已經把他父親的一生詩作與日記加以整理、註釋，甚或出版呢？書中未見交待，我不禁心中有此一問。因爲他的文章使我油然生起對這位如此可敬愛親近的長者之關懷與悼念。

有一件事很不容易想到的：謝霜天早在初中畢業時的少女階段，還能一肩來回挑得數十桶的水，這在中國女作家傳記裏，將是非常突出的一筆。中國歷史上偶爾出過那麼幾個女詩人詞客，如不是三寸金蓮，亦不外病酒悲秋之類，固不必論。民國以來的女作家，雖因社會風氣丕變，教育逐漸普及，但多半還是從「寶馬雕車香滿徑」的家庭背景中踱出來。若說來自農村而曾經河邊洗衣的，已經罕有所聞，遑論兩肩挑水了。所以我現在要從謝霜天淸麗婉約的筆桿子外，介紹巾幗英豪的扁擔子，讓大家看看。「那段挑水的日子」中寫道：「吃過早飯，我挑了水桶到井邊。夏天雨量充沛，井水豐盈，打水並不覺得怎麼吃力，但，等到挑起兩半桶水上坡時，就很叫我吃不消了。尤其開頭幾天，肩膀有如挨了一記烙印，火辣而疼痛，兩腿也直打顫。挑一擔便氣喘如牛，汗出如漿；來回十幾趟，可眞把我累壞了。

一段日子後，我肩上的皮似乎變厚了，居然挑得起三分之二桶的水，而且，我逐漸由挑水中領略出一些樂趣來。

淸早，朝陽從田塍那棵苦楝樹後面閃出了笑臉，灑金的泥土路上，響起了我的脚步和水桶的晃盪聲。四望田野，青碧如洗，山谷的晨風翻弄起連綿的禾浪，我被包圍在綠浪中；捧起井水洗把臉，頓覺神清氣爽。挑好了水，再汲一桶冲洗手脚，倚着井欄，任風吹乾水漬，這時，我眞正體會到流汗後的清涼是什麼滋味。

黃昏，斜陽正掛在屋後的李子樹梢，我每挑一擔水，它便往下落一點，顏色漸漸由晶藍，而淡白，而鵝黃，而橙紅，燒霞的西天，給素淨的農莊敷上了一層明豔的色澤。

此時，晚蟬蓋過了我的打水聲，而打水聲又切斷了井欄四周的蟲鳴。待我工作完畢，蟬聲已然隱去，草蟲放膽地長吟起來，吟亮了東方第一顆大星。我浴着晚風，提了水桶回來，感到無比的輕鬆和舒暢」。

如果不是怕太佔篇幅，我眞願多引原文。現在只能再引全文最後的幾句話作結：「那段挑水的日子，非但鍛鍊了我一副健壯結實的身體，且讓我有更多的機會，接觸和領受田園山林的美好，這豈不是一項額外的恩賜？」這一篇文章，眞有陶淵明的「晨興理荒穢，戴月荷鋤歸」的興味與風懷，且更有勁道，而又出之於女作家的肩膀，可以說是開千古得未曾有之奇了。

然而，謝霜天從扁擔子底下挑起的是一副菩薩心腸，耶穌肝膽。所以當她辛苦地讀完大學後，經由她的啞姐引介，很快地她獻身給盲聾教育。主動的、積極的、愉快的，與那些有待啓聰或啓明的學生融成一片，宛然化作一株高大的綠樹，庇蔭着天生不幸的青少年，帶給他（她）們心靈上的歌聲與鳥聲、線條與色彩，而那些學生們，最後亦各能自立，宛然也化作無數的綠樹而成林。她的散文集有四篇文章特別描寫綠樹下的人間博愛，引人入勝感人肺腑，而且她就以「綠樹」一篇爲全書命名，却不以代表自然之愛的「有山如浪」，亦不以代表倫理之愛的「父親與燈」爲書名，可以看出作者是以推愛及人，服務人羣的社會之愛爲最高理想。現在試引「綠樹」一文的結尾一小段，以見一斑：「窗外，大王椰的葉羽依舊搖打着單調的樂曲；窗內學生的書聲却不知何時靜了下來。發了半天楞的我，驀然覺察身側有一個小男孩，捧着課本，掛着助聽器。從他的眼中，我讀到一些心語，那是求知的熱忱和不畏難的堅毅，誰能說他不是茁長中的一顆綠樹？」

謝霜天這本書，從第一頁到最後一頁，都洋溢着人間之愛。文章中絕對沒有一句口號式的教條，但文章中很難找出一句不是她的愛之纖維。甚至像「故園低廻」「再返故園」等懷念故居家園，雖然斷瓦頹垣，仍充滿詩情畫意，眷慕依依，並不因有了新居，便鄙棄落後的故居而不屑一顧了。其餘如「母親的碎布藍」「大嫂」「我的啞姐」「二姐」等各篇，刻劃母女姐妹之愛，大嫂的勤勞堅苦，看似粗描平淡，善讀文章的人，會深感其文筆簡勁眞切，同時她也不隱諱家庭內部的缺點、困苦、不幸，乃至自己的過失等，文章一貫地表現着誠實率眞與樂觀崇善的精神。

全書三十五篇，百分九十以上，都是上乘佳作。殿後的部分，如「集郵樂」「養魚記」等，敍述日常生活的小趣味，滲透文學性靈於瑣事餘暇，而不是閒極無聊的玩物喪志，耽溺於庸俗的浮華。「濡濕的黑瞳」一篇寫養狗不成，放狗他歸，對動物亦有深厚的同情與愛心，尊重動物之自由意志，耐人尋味，而不是養狗玩狗只爲了娛樂自己。從許多篇文章看來，好像作者又是一個出塵的修女似的，曾不知人間有兒女情懷。但是，「假日的早晨」「酣醉於薄薄的涼意中」，則屬於「閨房之樂」一類，尤其「假日的早晨」是本書惟一用第三人稱影射自己的一篇，目的把它推向適當的距離，以冲淡不勝羞澀的衷情。但細細體味這篇文章，可以直覺到作者內心還有一段深不可測的紅塵綺念，可謂別有天地非「天堂」，只是似乎未達到作者之最高境界，不像「父親與燈」中之父愛那樣深刻感人。不過，此文之有些方面涉及作者的 The Right of Privacy，未便妄加分析與評論。

總觀謝霜天散文的結構與特色，假如借用化學的定性分析與定量分析觀念，加以平均並具體列出數字，我以爲眞淳樸茂佔百分之五十，瀟爽清逸佔百分之二十，輕靈婉約與溫柔敦厚各佔百分之十五。如果說謝霜天的散文該有什麼缺點，那恐怕是她對社會的壞事懂得太少，而對人間的好事懂得太多。對壞事懂得太少，寫起小說來，恐怕難得透澈深入；而對好事懂得太多，却正好成就她這一路獨一無二的淳美散文——澹逸溫婉如詩的散文。在未來的歲月，當她深入細察人世罪惡及其分割心靈之複雜知識後，如果仍能保有這一份樸茂眞淳、達觀樂善的精神與文采，則尤爲難能可貴。大詩人陶淵明，爲了保持其純眞之性，在與社會纏鬥三十年後，終而退隱田園，還給他本來面目，而復得返自然，流露出不朽的詩篇。所以，遼望謝霜天的人生前面，正舖展着漫長的考驗。但在目前，她的智慧才華已遠超過她的社會輩份了。謝霜天，從一肩挑得十幾桶水的勞動力，到一手寫得陶淵明風格的文章，到一心奉獻給盲啞少年的胸襟，這眞是中國文學史上前所未見的一個女作家呀。

我與謝女士並無一面之緣，我只是被她這本書的文學之淳美與德性之馨香所感動，於是而寫這篇評介文章。又由於她的鄉土田園散文，在淳樸之中含蘊有一股典雅之靈氣，我曾經不期然而然的把其中的意境，濃縮成若干小詩，可以說是個人對此書的題詠，也可以說是個人對田園情調的歌頌，現在摘錄六首如後，作爲本文的廻響與餘韻：

其 一

上塘橄欖下塘魚　垂釣童年夢已虛
欖葉嫣紅飄水上　竹林蔭處讀閒書

其 二

愛看朝陽射木瓜　輕提裙角捉魚蝦
有山如浪成知己　河岸燈黃憶舊家

其 三

尷尬年華一段情　浣衣姐妹密談心
低聲嘆息高聲笑　可厭人兒不可聽

其 四

詩情父愛兩春風　餵鴨栽花快意同

燈火已亡梅樹遠　秉書微笑慕慈容

其五

華燈礙月厭高樓　靖節詩風筆底流
未必東籬常種菊　時時澹泊淨心頭

其六

洗衣挑水好風懷　村色山光瀟爽開
復把愛心親盲啞　不爭脂粉淡粧台

（民國六十三年四月三十日至五月二日中央副刊）

# 評「變不出的掌聲」

論筆風，不管散文小說，陳冷女士給我的感受是：犀利、明快、勁鍊、冷艷，乃至幾許沉狼，用以嘲諷社會、譏刺人生的反面，直如一把利刄，刷地一聲劃開了一道長長的黑幕。儘管有時她的筆端掃過，也有幾抹彩霞似的光影，但握着那支筆的還是同一隻尖銳的玉爪。

「迎着陽光」一文（原刊於中央日報副刊），劈頭一段便是：「不知道這又叫什麼廳，摘星、摘月、還是雅典娜？廳不算挺大，裝璜却典雅秀媚；那一盞盞竹篾編成的燈罩，更使一屋子顯得古樸有致。

鑽進靠背的大沙發裏，那被竹篾濾得昏昏黃黃、黝黝暗暗的燈光從天花板灑落下來，拂滿了我一身。嗯！這兒我來過，是跟南南來的，只是南南呢？不，我絕不嘆氣，我要僞裝得快快樂樂的。失去愛情算什麼呢？誰能牢牢抓住愛神那亂射亂穿的箭呢？只是，南南——不，沒有什麼只是，南南也不過仍然是一個男人吧！男人，滿街那兒不是男人？天涯何處無男人？」

通篇文章左撲右閃，勁道十足，活像一隻胭脂虎，迎着陽光，跳出叢林，把世俗婆婆媽媽的愛情，乃至畫非畫、舞非舞式的愛情，通通吃個精光。撇開政治敎條不談，單就筆鋒的潑勁，除了左字號的鐵沙掌魯迅外，似乎不作第二人想了。但魯迅體溫好像高達九十八度，而陳冷則是零下一百零一度呢。

「客人」一文（原刊中國時報副刊）描寫一個被環境壓迫跳到火坑的風塵女郎的內心——淒厲、哀絕、悲冷、纏綿、變態，是椎心瀝血的一篇小說，刀筆之奇詭尖削，有裂人肝膽之痛。

陳冷的筆下，常有許多淚淋淋的小人物——跑碼頭的、變魔術的、唱歌仔戲的、哼流行歌的、耍流氓的、做私娼的等等。「回家！回家」「另一站」「找麻將鬼去」「鳳錦姨、歌仔戲、我」「再見臺北」等篇，把他／她們的悲歡苦樂，刻劃得線條突出，乾淨俐落，當然總是苦多樂小，悲多歡少。使人與人世悽涼，不勝冷冽難安之感，筆墨酸楚，不忍引述原文。

又有諷刺過氣官僚，落魄王孫之酸腐氣的，如「暖暖西風」，文字逗得人啼笑皆非。另有挖苦、揶揄留學生及其父母親人的心理，如「蝴蝶翩翩飛舞」，更有暴露譏嘲闊太太、官夫人生活庸俗腐爛，如「一陣淡淡的馨香」；此外，虛榮少女之繁華夢、鄉下小子之城市熱，都有栩栩如生的輪廓，而反映社會之浮邪一面。

陳冷似乎以一副冷眼冷心腸，來對待這一切浮邪，而且橫衝直撞，前撲後躍，把它砸個粉碎，極具警世醒俗的酸辣作用。

陳冷的筆最擅長烘托低層社會的小人物心理，她很少用平鋪直敍，而常以明快簡捷的外境，配以直截了當的對話。她又擅長譏刺高層社會的腐蝕面，乃至社會上的浮表與虛僞，像抽一把劍一下子揮破五彩繽紛的肥皂泡。

她要逼退黑暗，迎着陽光。不過，在她的小說裏，却不曾映現出陽光的下面，究竟該是些什麼什麼，那也許是她未來的第二階段的文學使命嗎？還是這隻胭脂虎的本性是只吃黑夜中的惡狼野狗，而擠不出一滴牛奶，生不下一粒雞蛋呢？

「變不出的掌聲」便是如此這般的一本短篇小說集，共收十四篇小說。「變不出的掌聲」一文則是描寫一個表演飛刀特技的江湖賣藝者及其家庭的哀樂年華，靠臺下的掌聲以維持其生存勇氣。我不知道這本小說集，何以用它來命名。是否影射人生只是一段江湖賣藝，渴望掌聲維持，而別無內在的意義呢？不管那掌聲是眞本事換來的，還是變魔術似的騙來的。

當我讀完這本皇冠叢書第三八三種時，我既不迎着陽光走出去，也不準備向讀者們販賣掌聲，我只是喝了一口茶而陷入沉思，有一種無言獨上西樓的感觸，有一種一江春水向東流的悲涼。

（「書評書目」第十三期）

# 和繆寄虎先生竹枝詞

日俄兩帝為中華民族生死存亡之兩大魔魘。日本除於戰前長期對中國作軍事侵略外，復於戰後不斷對中國作經濟侵略。外披技術合作之衣，上戴民間交流之帽，滲透收買，蒙混詐欺，無所不用其極，於是積弊益深。最近五年對日貿易入超，如火箭上昇，竟然高達五十四億美元，折合新臺幣二千餘億之天文數字，怵目驚心，至堪憂慮。長此以往，國脈民命將何以堪？「中華雜誌」秉民族之正氣，愛國之熱忱，對此曾有深刻之批評與揭發。然而，國內一些琵琶別抱之輩，安享尊榮，不圖抗禦，在交流合作魔曲彈唱之下，迷惑蒼生，曷勝浩歎。茲又讀得繆寄虎先生於海外所作懷鄉竹枝詞四首（載「中華」六十四年十一月號）感慨莫名，情不能已，遂步其韻，賦絕句四首，以示共鳴，冀能以此愚誠，共申同胞心同理同之悲憤，喚醒彼等少數朝野人士之愛國天良，力謀阻遏改善耳。

一

八年抗戰血風狂
一紙降書淚萬行

二

園外樂園樓外樓
櫻花醉夢幾時休

白骨誰知鋪富貴　黃金航路豪奴客
金鈔滾滾獻東洋　戲盡千姬笑九州

三　　　　　　　　四

堪嗟換日巧偷天　可憐和約棄泥沙
學問良知俱等閒　猶自歡顏媚仇家
憂國憂民空自苦　烈士冤魂何處訴
爭如長袖舞人間　黃泉夜夜哭梅花

附記：中華雜誌連續發表胡秋原先生對於藝術美學方面之論著，以中華正統美學思想爲經，以西方諸家美學爲緯，就古今中外之美學資材，以新顯之科學思想方法，另行編織成燦爛晶瑩之美學巨構，可謂學貫中西，匠心獨運，以視蔡孑民、梁任公、胡適之諸賢，所超邁者多矣。惜尚未見有人反應。筆者欽佩之餘，特附誌所感於此。

（「中華雜誌」第149期，六十四年十二月號）

# 中國知識分子的難關

——從蕭瑜記毛澤東說起

蕭子昇（瑜）先生已以遐齡仙逝月餘。我初聞噩耗時，悵惘良久。讀得晢還先生的悼文，又勾起一段心事。

數年前，我在美國印第安那大學圖書館看到一本蕭先生著的"Mao-Tse Tung And I Were Beggars"（曾經行乞的毛澤東與我）。這本書在西方頗爲知名，係蕭氏於海外寫的回憶錄，敍述青少年時與毛爲先後班同學，平時過從甚密，前後交往逾十年，約從辛亥革命前，到中共成立之後。毛時常向他請教問題，也常辯論政治社會問題。有一次暑假裏，兩人爲要試驗身無分文下如何生存，以及社會對一個叫化的態度如何，僅僅帶着一隻小包袱、一隻破雨傘，出外作求乞式的旅遊。隨後，共產主義思想初入中國寄生，蕭氏亦頗熱衷，但蕭嚮往純粹的馬克思理想，並主張溫和的過渡到共產社會，盡可以歷時千年萬年。而毛則力主激進與暴力，爲達目的不擇手段，反映出他的權力慾與狂妄。二人爲此問題，前後爭辯亦幾達十年。書中又有許多影印的挿圖，爲蕭氏的墨筆畫，畫的是生活情景與重大情節，畫上常題小詩一首。其中有一幅畫着蕭先生坐在一座亭子裏，撫琴而彈，亭外有一隻大水牛，題詩云：「獨自彈琴對笨牛，正宗主義說源頭。天經地義須共產，地義天經要自由」。原來這一幅圖就是表明蕭氏笑毛不懂正宗的馬克思主義，不識馬克思理想中的共產社會是有自由的，而毛的從暴力路線走向無產階級專政，則是沒有自由的，是已經過了列寧變質的俄式共產主義，因此把毛比作那隻大笨牛。我對於這一幅畫及詩感觸很深，當天夜晚徘徊於這所校園，嗟嘆不已。

嗟嘆的是：中國大陸竟然已淪落爲新奴隸制度的俄式共產社會，比封建社會還要倒退一大截。考諸歷史，自民國初年以來，許多知識分子，竟然爲「共產主義天堂」、「無產階級專政」這些新奇而詭詐的名詞所迷惑，連淵博的蕭瑜先生，亦對馬克思主義認識不透澈。

中國自古卽有無政府主義思想，嫌棄文明，欲返回自由平等的原始無產社會（原始時代無知識亦無制度，故不知何謂「產」，故是「無產社會」而非「共產社會」，共產乃有產而鬪爭而沒收而共之，這是非常人爲的，不是無爲的自然社會。馬克思稱原始共產社會，誤也。蕭先生亦因襲其錯誤。），春秋戰國時的許多隱士均有此想法，道家中老莊不過形諸筆墨，顯名於後世而已，至晉之陶淵明託言桃花源以爲理想國，加以文學渲染，廣泛深入民間，其特色爲通過無爲才能達到此境地。但馬克思却主張透過階級鬪爭以沒收人民私有物，列寧更僞託「無產階級專政」的政權爲過渡時期，使全國產物歸於一黨私有（表面仍稱爲公有）。由於强調階級鬪爭，使社會越鬪越不平等，並不是越鬪越平等（階級開始時本由於鬪爭而產生，於是才寃寃相報）。又由於「無產階級專政」使無產階級永遠爲奴，不但不能進入最後無政府的「共產主義天堂」，反而使專政的無產階級代表（共產黨）權力越來越大，集有史以來奴隸主、封建領主、軍閥、教皇與資本家於一黨一人，豈會把共產黨解散爲無政府社會？爲了要把黨的權力永久賴着不放，乃又託稱人民有自發的資產階級思想，所以要永遠階級鬪爭，因此領導此鬪爭的共產黨便可永遠霸佔全國的一切財物與支配權了。其實，馬克思只是一個不懂這種反效果的書獃子，而列寧却是極爲險詐的政治騙子，利用階級矛盾，擴大階級鬪爭，玩弄「無產階級專政」幌子，以滿足做新皇帝新教皇的私慾。

馬克思對於「無產階級專政」還只是輕描淡寫而過，列寧對此權力魔杖則視爲命根子，極盡狡黠詭譎之能事。「無產階級專政」一詞原從「資產階級專政」一詞模擬虛構出來。在西方社會，資產階級的確專政，專政的也確是資產階級，或代表資產階級，但資產階級無論如何專政，總不能沒收全國人民的自有財產，故其專政實有限度的。「無產階級專政」則只是一個不可能有其實體存在的自相牴觸名詞，因爲一經專政的階級（實際只是一小撮集團）就是特權的統治階級，還如何可以稱爲無產階級？這好比少女原先是聽從父母的，但一經出嫁變爲主婦而專家庭之政後，便永遠不再是少女了；除非那主婦想對外以騙婚騙財爲職業，而自稱少女徵婚，硬說她出身少女，仍可代表少女。共產黨虛構「無產階級專政」名詞便類似如此騙局，而且可有好幾種欺騙作用：自稱「無產階級」，擺出低姿態以博取國內外廣大同情，但又代表「無產階級專政」，便可對國內無產階級實行專政，也就是專無產階級的政！他本身若既代表無產階級，豈非顯示國內已無舊社會那種一個階級壓迫另一個階級了；但如果要整肅誰，又可以說他就是走資產階級路線，或是想復辟資本主義的階級敵人！如此這般，「無產階級專政」六個字簡直是人類歷史空前未見的詭譎騙術的符咒，說穿了實在可笑，只因爲設詞用字巧妙，故可便於招搖行騙；對於少數騙不動的，必要時則使用暴力打擊之。共產黨之取得政權，及沒收人民產業，八成是靠「無產階級專政」配合「階級鬭爭」的騙術，借刀殺人，兩成才是靠武力。此外，「無產階級專政」一詞本身也包含着統戰作用。

馬列主義如果比作政治毒蛇，馬克思、恩格思只是蛇皮蛇身，而列寧、史達林才是毒液毒牙；但毒液毒牙如無蛇身支持，亦不能發生作用。許多好吃蛇肉的人或者愛玩蛇的人，大多免不了受其害。爲什麼說馬克思是蛇肉呢？因爲他標榜人類社會的自由與平等，各盡所能，無虞匱乏，無所畏懼。而人性是厭惡貧窮困苦，亦同情被壓迫者。於是列寧看中了這一點香餌，利用人性中的善良（許多人說共產黨利用人性中的弱點，非精闢見解。利用弱點，乃是內部權力鬭爭戰術上的運用。對於廣大社會人羣的策略運用，則是利用人性中的善良，因而故意奉馬克思爲教主神明）。不過，馬克思的「共產」二字，本身亦可演譯出「階級鬭爭」來，（已見前文所說，原始社會是無爭的自然無產社會，不是有爭的導致極權的共產社會）從「階級鬭爭」才有隙可乘而可牽引出「無產階級專政」的毒液，故列寧上承馬克思，倒也能够轉接得天衣無縫。歐美有識之士的反共，主要都在嚴厲聲討列寧史達林等，並不特別斥責馬克思，索盛尼金也是如此，屬於明智的反共，對於共黨的思想與行爲相當內行，可以說是毒蛇專家。但在亞洲，尤其二十年代的中國，知識界對於馬克思與列寧少有所知，更少有區分，青年傾向馬克思而愛吃蛇肉者，連列寧的毒液一起吃進去；若是要反馬克思者，但又無以駁倒他的無階級的自由平等社會理想，而只好加以隱諱，不敢談馬克思了，因此處於進既危險，退又無路的兩難狀態。當時，最有學問的　孫中山先生，亦僅輕嘲馬克思爲病理學家，似未警告國人：馬克思本身潛藏何種不可見的危險關鍵，尤未警告國人關於列寧的巧妙騙術——「無產階級專政」此一詭譎狠毒的絕招。因此，中國知識分子對於列寧幾乎一無警覺，連共產黨創始人陳獨秀對此亦無所知無所覺（一直到晚年吃盡史達林苦頭，才憬悟俄共之罪惡）。列寧主義係利用人性之善良，青年之純潔，以馬克思的「共產主義天堂」爲餌，不知迷惑多少知識分子。甚至宋慶齡竟亦老早墜入馬列彀中，可見當時悲劇情況之一斑。

將馬列主義一分爲二——卽馬與列分開，澈底割除列寧，而後將馬克思視作社會性的浪漫文學看待，類似於「桃花源記」的社會幻想，如此對於傾向馬克思的人，旣具有免疫防毒的功能，又具有疏導洩引的作用。蕭瑜先生似乎是極少數中國知識分子，在早期對此含有潛在認識而具有免疫能力者，但仍未能對「無產階級專政」的騙術作明白曉暢、斬釘截鐵的表述出來。而毛澤東呢？他不屬於馬克思那樣的書生典型，而屬於列寧那樣的陰謀家與史達林那樣的野心家，看穿了那個時代有機可乘，藉改造中國而欲獨攬大權。蕭氏與毛前後歷時十年，經許多次長久的爭論，均未能說服毛澤東。數十年後，中國果然被改造了；可是却比歷史上的專制社會更無自由，人民比滿清時代還要貧困，中國有如蘇俄，淪落爲新奴隸社會。究其最大原因，在於學術界知識力之薄弱黯淡，尤其是對於帝俄之歷史本質以及列寧思想之無知所致，乃有知識青年之迷惑與盲從，至於後來史達林的政治手段則不過爲次要的戰術上原因了。甚至直到今天，反共宣傳仍是馬列混同並稱，對馬克思主義還是諱疾忌醫，視同性病不敢多談。對中共及後來之毛共，只在拼命的多寫幾個匪字，因而被視爲反共八股。試問歷史上有什麼盜匪具有如此騙術？盜匪思想極爲簡單，爲患不大亦不久，豈能將整個民族國家生命拖入奴隸大海之中？而成爲叫化國與流氓國？此中值得深思。人性中因含有惻隱之心，故對於貧困者與被壓迫者，具有同情。盜匪以强暴自雄，不懂僞裝爲弱者，更不懂僞裝爲弱者的監護人，尤不懂這一大騙局從根本哲學到社會科學到政治措施的一連串書本理論。把共產黨人簡稱爲匪，等於把西遊記中的牛魔王簡化爲普通的綁匪，避重就輕，貽人以「成王敗寇」無關痛癢的罵人語。「革命的基礎建立於高深的學問上」，反共的上上武器乃是眞知灼見。索盛尼金在「地獄第一層」所描寫的史達林，何等深刻而引人憤怒鄙棄，如果他只會連寫一百個匪字，又能値幾文錢？還能成爲文豪與反共巨人嗎？可悲的是：從索盛尼金到陳若曦，都只是身受其害，目睹其禍後的後知後覺，等於一個少女被騙失身，受盡蹂躪後的哭訴。無奈一失足成千古恨，再回頭已百年身。若一個民族的沉淪，一個社會的墮落，並不是「亡羊補牢」那樣便宜的事了。

其次，「無產階級專政」一詞，表面上充滿對窮人的同情，渴望窮人出頭。強烈暗示那壓迫階級的滅亡，極具煽動性的政治魔咒。實則我中國自古本是一個「白屋出公卿」的社會，無論是考試制度之前之後都是如此。歷史上名臣顯宦，多的是窮人出身，乃至平民當皇帝的，也一再出現過的，並無什麼新鮮希奇之處。至於歷代政治有隆汚，社會有興衰，亦與草木有榮枯，日月有升沉，屬於宇宙人生之常事。豈有某一個階級永遠專政，某一個階級永遠被壓迫。假如中國歷史上眞有長久偏愛某一羣人，那大概只有知識分子，所謂士人。從格物致知以求修齊治平。不管是資產階級出身的帝王，還是無產階級出身的皇帝，莫不重用士人掌令。今之共產黨何嘗不是知識分子在當政，那見文盲或半文盲的工農當總理當部長的？但卽使在舊時代皇帝治下的勞工農民，也還有其自已的東西，自已的生活，別人無權沒收或干預，那有像現在共產黨統治下的農工，不但一貧如洗，而且無一事不受束縛管制。又中國歷史上並無固定世襲某一階級，卽使少數世家集團，傳了三代至多五代，也就沒落了；而一個寒素家庭子弟，或經商致富，或讀書出仕，或投軍出頭，都根本極爲常見。假如說中國歷史上有那些不合理事而與整個階級性有關，那只有兩件事：一是上下禮儀分得太嚴肅，尊卑分別得太顯著，但這已經革命後改良了，現在民主憲政的禮儀已相當平等隨和，何需什麼階級鬭爭？二是社會存在有某種勢利眼，所謂人情冷暖，世態炎涼，隨階級而變。此事甚難言，並非中國一國如此，恐怕古今中外，都有此病。難道共產黨社會就沒有？事實上，其冷暖炎涼有過於其他各社會，看看江靑在臺上與臺下的前後區別好了。民主國家新官上任舊官卸任，如家常便飯，那裏會驚動整個社會，來個狂捧與猛批，乃至遊街示衆等笑劇與悲劇。

鴉片戰爭後的中國，學術文化的薄弱隨着政治軍事經濟的衰敝而暴露，不但對資產階級專政的歐美社會了解無多，對於虛構「無產階級專政」而從帝俄蛻化到赤俄的社會更無了解，甚至對中國自己的歷史社會也認識不清而聚訟紛紜，有說大禹無其人而是一條爬蟲，有說孔子是代表奴隸主階級，種種妄言，都表示中國人知識的貧弱，於是才在黑暗之中瞎衝莽撞，亂砍亂殺，終至跌入眞正奴隸社會的深淵。像蕭瑜先生那樣的人，在中國已是多少萬人中不一見，竟然題詩「天經地義須共產，地義天經要自由」，而不識共產卽不可能自由，自由卽不可能共產，二者根本互相牴觸（不是互相矛盾，互相矛盾如水火者，尙可能並存而相尅）。不知馬克思的理想只是海市蜃樓般僅可供人遐思，正如中國人欣賞「桃花源記」那樣當作純文學，從來不會去認眞推行，蕭先生竟能耐心的要歷千年萬年以溫和方式去達成，豈非痴人說夢？難怪當初他不能說服青年時代的毛澤東。

馬列主義是近代中國知識分子的一大難關，當初誤信它的人以爲可以拯斯民於水火，登國家於富强，結果却使中國淪落爲新奴隸社會，陳獨秀憬悟於晚年爲時已太晚，毛澤東於垂暮之時，亦已知馬列主義之沒落，更預見毛共黨內之分崩離析，乃至屍骨未寒而「四人幫」已身入囹圄。另一方面，反對它的人，類多不分馬列，對馬與列之本質能明察秋毫者寥若晨星，乃至有以對治歷史上盜匪手法對治共產黨，此無異以感冒藥傷風克救治霍亂鼠疫，中國豈能不沉淪乎？蕭旭東（蕭氏少年時本名）與毛澤東原是青少年時代的同窗好友，他們二人正是代表中國知識分子跌倒在此難關之前的衆多典型中的兩大典型。筆者反復嗟嘆之餘，針對蕭子昇先生的嘲毛詩而另賦一首作答寄慨：

自由共產不相謀　枉自彈琴兩笨牛
耕者有田工有產　天人神策砥中流

——完——

（附記）近見書肆中有「毛澤東與我」一書，署名「蕭瑜著」，令人誤爲蕭之原著。實則蕭氏此書原以法文寫成，嗣經其夫人譯爲英文出版，全書篇幅頗多。「毛澤東與我」中文本不知爲何人所譯，內容刪節過半，滿紙匪字，且無一幅插圖。

（「中華雜誌」民國六十六年六月號）

# 量變質變與合化

宇宙人生因爲有變化，才顯出新，才創出奇，而入於妙。沒有變化的世界能想像嗎？嚴格的說，沒有變化就不可能有宇宙人生。所謂宇，無非空間之變（依現代物理，空間非靜止不動）；所謂宙，無非時間之變；所謂人，就是才德之化（依現代人文心理學，人的精神歷程爲潛在的才性人格之自我實現Self-Realization）；所謂生，就是存在之化（依現代天文學、生物學，以及生機哲學，生命爲存在之演化）。又分層次而論之：現象是變化的姿貌，數學是變化的邏輯，科學是變化的規律，藝術是變化的情韻，哲學是變化的玄理，宗教是變化的神迹（非指儀俗宗敎神話或偶像崇拜等），道德是變化的本末（指道德經之道德，「道可道，非常道」爲變化之本體。「道散而爲德」，則道從形而上降爲形而下之德，德爲萬物之所得，以上均不涉及世俗之道德敎條）。

世界上有三層哲學研析宇宙人生之三重變化。初階者爲馬克思唯物辯證法，論宇宙人生的物質之變（沒有化）這是屬於庸人的哲學；中階者爲黑格爾唯心辯證法，論宇宙人生的精神之變（也沒有化），這是屬於才人的哲學；高階者爲易經陰陽辯證法，論宇宙人生的物質精神之變與化。矛盾錯綜，抱合生化，相反相成，入於變化之圓融微妙，轉爲本體之太一太和，又透出而落實於簡樸平易的生活，充滿了理性、情趣與玄味。下文略爲解釋引申。

馬克思辯證法，名義上有質與量之互變，實際上只是一個量變。他所謂的質變，無非積量之漸變，而成量之突變，而顯示質之變異，稱爲質變，故以量變爲基礎，質變無非量之函數。馬克思尚未見及何謂眞正的質變（詳後文），此所以其本體論爲唯物。量何以會變？他以爲由於事物內在各量含有矛盾而激盪，又共同局限於某一時空內，獲得短暫之均衡，名爲統一；但由於量之矛盾激盪與增減，統一情況隨之失去平衡而變，導致舊統一之崩解，新統一之形成，此過程名爲否定；但新統一又爲各量之增減激盪而分裂，再變爲另一新統一，爲此過程名爲否定之否定，並繼續不斷否定。此否定力屬於尅力，即是不斷尅伐。故馬氏腦中的世界，爲一堆量的對立、推移、擠裂、尅破現象，是物性的、暴力的、枯燥的、沈墜的、壓縮的、緊張的物變歷程，故其辯證法稱爲唯物辯證法，其哲學稱爲辯證唯物論，對道德宗教均取否定與鬥爭的立場，以進行其無窮的否定，連藝術文學等都變爲量的上層形態與工具，而無其獨立的質的價値。一部歷史無非是一波又一波的物性鬥爭。人生一世只是食物在厨房裡的量變，經胃腸到厠所裡的質變，以及權力在社會矛盾中的量變，到權力在統治階層之轉移、否定，與突變。故其歷史與社會，好像一場權力颱風，刮來刮去，都只有物性的量之意義，而其哲學遂又稱爲歷史唯物論。總之，他的人生是秋之肅殺，冬之沈縮，爲人類神神之收斂與閉鎖。

黑格爾辯證法要深奧一層，較爲晦澀難解，學者講法頗不一致，而有疑義，黑氏亦自認世界上罕有眞懂他的哲學的人，其實凡高深哲理，莫不有此結果，這且不論。黑格爾認爲萬有均須透過人之精神而湧現，而精神之認識方式卽是一無窮的揚棄歷程，經此而辯證地展露宇宙人生之實相，故其核心思想在於揚棄。所謂揚棄，音譯爲奧伏赫變，含提昇、保留與捨棄三義。但萬物瞬息萬變，保留實可概括於提昇中。簡言之，卽是一揚一棄，同時進行，揚是事物中主導之質變力量，而導致發揚的部分，亦卽宇宙絕對精神之顯揚作用，棄是事物中被否定而擯棄的部分。事物經此揚棄，便變爲新事物而有了新的量，卽產生了量變。如果原來事物爲正，則新事物名爲反，這新事物又在揚棄而生更新的事物，名之爲合（或亦可名爲新正），此一不斷的揚棄歷程，是不斷的肯定與否定，但要注意的是：揚永遠居於主導的躍動力量，棄是居於被動的否定地位。亦卽揚爲正，其發展越來越大，越來越顯著；而棄爲反，其發展越來越小，越來越黯淡。換言之，宇宙之辯證發展就是宇宙本身之顯露自己、認識自己，終於彰顯宇宙本體的絕對精神，故其歷史哲學認爲宇宙人生之揚棄，乃是神性的顯發，歷史乃是神統紀，是唯心的辯證途徑。理性或精神越來越深化與開展，直至絕對理性或精神之大披露。故黑氏揚棄一詞的眞義乃是質變。因爲有質變的主導飛揚力量，才使事物變了新的性質，而新事物也就附帶的有了新的量。那末，量變是質變來的，而屬於質變的函數，所謂否定之否定，無非不斷的去蕪揚菁，棄暗揚明，故其辯證法名爲唯心辯證法，其哲學可名爲辯證唯心論，對宗敎與道德都取積極肯定的態度，文學藝術都是自由的舒展，歷史不斷的棄其渣滓而發揚壯大其精華。故黑格爾哲學又被稱爲理想主義哲學，是集西方傳統的理想主義之大成。黑格爾對宇宙絕對精神方面體悟既深，不免玄奧，有些人不大清楚，反而說他是雲霧迷天的玄學大師，亦無可奈何之事。因爲眞理的成分越高，人類越難認識，而「小猫叫，小狗跳」的認識却最爲普遍，這是客觀眞理與人類認識眞理之間的弔詭性。然而，依照黑格爾的揚棄原理，人類終能日益却除障敝而顯現並認識其絕對精神。總之，黑格爾哲學統攝精神領域，有如季節的春夏，從和煦到艷揚，是人類精神從原始物性的覆蓋下揭露出來與發揚出來。

馬克思原是學黑格爾的，而二者的本體論與辯證法竟如此的針鋒相對。原來黑格爾辯證法雖有揚與棄，但黑氏的功力集中於「揚」，對於「棄」的本質不甚專注，對物質方面的眞義亦有所不足。馬氏却一心迷於物性，專究「棄」之原理，把揚棄中的揚字看歪看漏了，於是只剩下一個棄字，變爲徹底否定，喧賓奪主，在否定之否定的過程中，中間的肯定被抽去而成爲虛的，或手段的。嚴格的說，辯證法本是二元的動變法則及功能，一元的作用便成不了辯證法。因爲在宇宙人生動變流程中，抽取任何一物或一事，無不含有二元的功能與法則，才有辯證的現象，例如物理上的力有排斥與吸引二面（電磁輻射與重力吸引），生命世界則有精神與物質二面（精神需要物質支持，物質必須透過精神才能湧現其存在）如果看漏了一面，不是墮落爲頑石而如行屍走肉，便是虛脫爲空幻而如孤飄的幽靈。再假如把黑格爾辯證法比作右臂神刀，那末馬克思辯證法便是左臂魔劍，他們各是有所偏執的。實際的歷史人生原是具有神（心）與魔（物）的二面性。

此處尙須附帶一提的：常見書報刊物上，很多人將「揚棄」一詞當作「摒棄」使用，包括若干學者作家等在內，這是可驚的誤解，而不是普通的用字錯別問題。揚棄早期曾取德文音譯爲「奧伏赫變」，日本人義譯爲「揚棄」，取一揚一棄兩種作用之義（見上文，揚棄原有三義，但亦可簡作一揚一棄），頗爲貼切，中國遂亦沿用之。但「摒棄」則是全稱否定的複合詞，摒除而拋棄之，毫無躍動飛揚的功用在內，只有徹底的棄下去。一字之差，眞是毫厘千里之失，等於把黑格爾改成馬克思！當年馬克思就是在黑格爾的精神門下，學藝不精，便這樣的把神刀的玄招學成魔劍的怪法。又好比站在柏林圍牆上，一不小心把右面看作左面，那牆裡牆外，却是兩個截然不同的世界。馬克思之背叛而批判師門，多少象徵人類智慧在演化過程中的悲劇，未必一開始純然是居心不良的。用黑格爾自己的看法，人類思想要達到完美無疵的認識境界，必須經過無盡的一揚一棄的歷程，那末馬克思本身之對黑格爾的背棄，也正好是思想旅程上的一塊墊脚石而已，走過之後又便永遠被棄擲於時代步伐之後了。

黑格爾辯證法在思想界素有晦澀之稱，比黑格爾超越圓融得多的易經陰陽辯證法，其玄奧更甚。此所以老子學到一半的易理，而寫出一部道德經，便是玄之又玄的；孔子也只得到半部易學，所以他的學問能够刪詩書、定禮樂、作春秋，都相當入世而實用，却只能贊易經。也就是說，老子能玄不能實，孔子能實不能玄；而易理是旣玄虛又樸實的。但宇宙人生，非玄虛不足以直契形而上世界，非樸實不足以踐履此形而下天地。嚴格說，易經只有那些簡潔的卦爻，卦爻就是文字。文王周公孔子都是做的註釋工作，正如朱子註「大學」的「致知在格物」，未必就是定論。隨着時代的演進，思想的發達，任何人都可以有更新的看法。因爲易卦是圓而神的，觀之不盡，會之無窮。不像其他哲學思想爲方而曲的，可以用文字一面一面的匡範表述。禪家對於神妙的思想境界說是「言語路絕」，易理更是如此，早已如此。所以卦下經文無非取當時生活範疇內的譬喻，只可因喻解義，却不能泥古不化，變爲執辭害義。尤其數千年後的今天，生活之型態已有根本上的變化，當時的生活意識，思維形式，早經不斷揚棄而革故鼎新（革與鼎都是易經的卦名，揚與棄俱在易理之內），實不必再來訓詁前人之言了。易理既是圓而神的，任何人談它都不免掛一漏萬，百萬言效果未必勝過數千字。筆者不才，當然抱着掛一漏萬的心理，寫這篇文字。回首自古易經多爭議，當今之世亦皆然，何妨各說各的心得而互相參考呢？

易理的精要卽是陰陽辯證法，在展露宇宙人生變化法則與功能上爲二元，所謂「一陰一陽之謂道」，卽有二個大根源作爲宇宙人生辯證發展的動力，那便是乾與坤，乾是絕對的純陽，爲精神、爲理性、爲光明、爲開展、爲上昇、爲輕靈，可以涵攝黑格爾的絕對理性，是質變之本；坤則是絕對的純陰，爲物性、爲情慾、爲黑暗、爲收縮、爲沈墜、爲重濁，可以涵攝馬克思的絕對物性，是量變之本，但是單獨的乾或坤，却極爲可怕，孤削無比，寸草不生，乃至無法存在，所謂「偏陰偏陽之謂疾」。黑馬二氏見到「一唯」的辯證法，就是只見到一個根源，既只有一個根源，所以那辯證法便是捕風捉影的，跛脚的、斷臂的、獨眼的殘廢宇宙人生。所看到的「變」，各僅一半；又既只有一個根源，則不可能認識兩個根源的交合，更不可能提升到交合後之「化」的層次了。原來易理有個大奇妙之處，它的辯證法在功能上雖爲二元（形而下原理），而其玄寂本體却是一元的（形而上原理）。這怎麼說？大而乾坤或宇宙，小而陰陽或原子，都是合抱圓融的，名爲太極，所謂「萬物負陰而抱陽」。這太極既是合抱圓融的，它的合一大於矛盾，表現爲和諧安寂，把內部驚心動魄的變化，好像罩上一層玄網而消融不見了。這個原理關係重大，因爲陰與陽在力量上原是兩個極端，是針鋒相對的；但在性向上，偏偏是彼此吸引，非合不可；不合則無法獨存。這種關係不是力，而是情，是宇宙之原情。此情，未合而孤立死滅，已合而暢達化生。於是，陰陽二者，具有力的排斥與情的吸合，構成一種特殊的超越的神奇的「變」，跟孤陰獨陽所引發的量變質變完全不同，特名之爲「化」。這個化，具有超越於矛盾，升騰於正反，在揚棄之上，在否定之上的作用，是導致宇宙演化的動力，是促使生命向上發展的機樞。但是這個化，又不是孤芳自賞的逸出現象之外，而是溶化其中，籠罩並涵泳萬象而不遺的。此即「乾坤交感，萬物化生」。有合才能有化，有化才能有生，有生而再合再化，才有廣生而生生不息。所以，如單就宇宙人生的枝末現象上粗看，陰陽二力，矛盾紛歧、動變不已，以至無窮，也就是說，在現象界是矛盾大於統一，萬物才能變；但是，在本體界却是合一大於矛盾，萬物才能化。整個一團和諧，像一個完整的生命，故說合一，有別於力之統一。舉例說，地球自產生以來，已有數十億年，其間諸現象的變化何止億兆，眞是恆沙難數，不外乎矛盾分裂，揚棄正反，與合化生生。但是，任憑你如何變，天翻地覆的變，這個地球到今天總是一，絕不會變成對立的兩個矛盾的地球，一個叫「矛的地球」，另一個叫做「盾的地球」；也不會揚出一個精神的地球，又棄出一個物質的地球。而必是一個圓融的合一的活地球，其中冷熱交感，剛柔相濟，虛實雙關，雌雄互引，也就是陰陽合抱的一個圓而神的活地球。再提高到心與物的層次看，心屬於乾，其功能是攝多爲一，使萬物統一地湧現爲活的世界，物屬於坤，其功能是裂一爲多，使玄妙渾一的心，散於萬物而見萬象紛繁。心與物在作用上爲二元，但在本體上爲一元，所謂心物合一。「合一」兩字，卽是表明在現象爲二而合爲本體的一。故心物關係，從心一端看，是「一卽一切」；從物的一端看，是「一切卽一」。乃至心是覺醒的物，物是睡眠的心。覺醒與睡眠亦爲陰陽二種功能，但同爲無法偏離獨存的一個本體。

陰陽辯證法既有：力的矛盾統一，正反揚棄，又有情的吸合牽引，圓融化生，於是徹底解釋了宇宙人生中，現象界的矛盾大於統一，本體界的合一大於矛盾。基於上述原理，所以，一個原子內部不管其電子群如何以驚人高速飛旋或波動不已，原子核裡各微粒子（指中子質子介子等等）之間如何的衆力交錯，但那個原子却始終是圓融諧一的。原子的一，是物理層次的一，可以叫太一，再超越而上，生命層次的一（例如個人），則必須叫太和。和也是一，所以言和者，爲要表明生命內在結構與情調的安和，而不是像一部機器般强迫的構成力的統一。這好比一般夫婦總是歡合而生兒女，不是歹徒在甘蔗園强暴一個女子而得孽孕，那孽孕若以物理層面的眼光看，便沒有什麼不正常的。此正表明自由意志在生命界的重要，在物理界無所謂自由意志的。也就是超越的合化作用所昇華出來的人生，具有超越物性之上的一例。動物只感覺到自己本身的自由意志，而不懂別的動物的自由意志，所以牠的生命層次介於物與人之間。惟有人類，且惟有優異的人，則靈秀而動靜中和，妙解萬物，心通宇宙，其演化法則爲仁義禮智信，根本不同於一般動物，當然更不同於物質。人類社會儘管殘存着罪惡，但大體上是道德力勝過罪惡力，合作的意志多於破壞的意志，猶之乎魚忘於水，人忘於道德；否則，道德果眞全滅，則人及其社會必然不能維持乃至存在。

再者，萬物之全體雖然是一負陰抱陽的大太極，每個小物又同樣是一個負陰抱陽的小太極，關於此點，朱子說得甚對，但這小太極是獨立的、自由的，與大太極具有同樣原理而平等的，更何況一個人。此點務須特別留意，舊時代中國哲學家（包括朱子自己）每每偏重大太極，而看低與看小了個人的獨立自由平等，亦卽忽略了西方文藝復興時所發現的個別的人性（Individualism），致讓西方的民主政治領先，其實西方在哲學上至今還沒有客觀的解釋出爲什麼「個人」是獨立自由平等的，爲什麼個人人權那麼尊貴，而只是從主體上發覺其爲尊貴（人文主義），或從宗敎上啓示生命平等爲上帝之所造，或如自然主義所說的天賦人權，但爲什麼上帝或天會賦予平等自由獨立的人權？此點如不能在宇宙論、本體論及人生哲學等多方面同時一以貫之的徹底解釋，便無法尅制馬克思哲學將「個人」當作物質工具看，當作階級集體的零件看，或一切其他極權政治將個人當作皮毛看，光是靠黑格爾的唯心自由，最多祇能跟他打個平手，而天賦人權說更不足鬥三回合。天怎麼賦人權？馬克思也可以說天賦階級鬥爭，天賦個人以服從獨裁專制啊，豈不成爲隨便抬槓，而缺乏客觀論證。

明乎合化生生之原理，又明乎小太極與大太極平等相通之原理，才能徹底明白人昇居萬物之靈，極生生之妙：言其小，則「萬物皆備於我，反身而誠，樂莫大焉」，孟子這幾句話有萬鈞之力，其背後有千重之妙，這就是內聖（可惜孟子未在社會法律層面上演出人權法治，而僅止於倫理哲學層面的道德人治，卽透過良知覺悟後的個人道德力爲政治準繩）；以言其大，則「民胞物與」，「參天地之化育」，「爲天地立心爲生民立命」，與萬化合一，成永恆道體而超越軀體，這才是外王（外王並非專限於政治。民生康樂之政治經濟不過爲外王的一個社會環節，無非屬現象界之安和樂利社會，尙非人人在安和樂利社會上再獲證玄眞，返歸道體而與天地合化之終極。）關於這些，至今西方思想家，均不甚了了。上述陰陽辯證法所顯示的如此豐富茂美，能玄能樸的人生，那裏是黑格爾、馬克思所曾領悟契合過的？故「化」既與「變」合，又是超越「變」之上，這好比天鵝可以在地上走，但也可以在天上飛，而蛤蟆只能在地上跳，永遠不能離地飛；蝴蝶則能飛而不能走。因此，馬克思辯證法便好比癩蛤蟆，黑格爾辯證法則有如花蝴蝶。癩蛤蟆自以爲脚踏實地，長得粗壯，嘲笑花蝴蝶是足不着地，虛有其表。但花蝴蝶偏偏就喜歡在癩蛤蟆頭上飛來飛去的賣俏，氣得癩蛤蟆在地上跳來跳去的驪叫，不過花蝴蝶如不小心而入睡，有時會被癩蛤蟆吃掉。牠們那兒知道雲邊還有大天鵝，美而多肉，靈而高飛呢？照樣又能脚踏實地，學步生姿也。馬克思空口高喊「無產階級專政」（此點尤爲列寧所誇大與利用），但那一個小工小農可有獨立自由之身？對「革命領導人」可有平等的人權？君不見史達林位登無產階級「九五之尊」，「學問」居馬列祖師之「正統」，結果他的親生女兒却投奔「美帝」而歸「化」美國了！史達林爲什麼不能把他的女兒從思想上的「量變」而飛躍而突變爲馬克思之「質」呢？他的女兒之能「化」，豈史達林所能「否定」的掉？次問黑格爾，若專「揚」神性，專「棄」物性，則歐洲中古的神權膨脹，宗敎獨裁而審判，該當何罪？十九世紀資本家專揚自己的權威，專棄勞工的臭汗，其後果又如何？再說那「絕對精神」落實在社會政治上，又會變成無限擴張的德意志軍國主義，而不能產生民主，所以黑格爾能揚而不能合化，揚之太過，變爲飛揚跋扈了；馬克思能棄而不能合化，則棄之太過又會轉變爲槁木死灰、毫無人氣的社會。是故，世之學者多只見馬克思之偏差害處，而不悟黑格爾同樣爲禍水。因爲黑馬二氏分別陷於「偏陰偏陽之謂疾」的大忌而不自知，正如飛蛾投火，還自命奔向光明呢。

到此可見，欲知宇宙人生之變化，須「致廣大而盡精微，極高明而道中庸」。中庸之精華，則在向上一着而致中和。何謂中？頂天立地，從容中道，砥柱中流之謂；何謂庸？涵左蓋右，普遍妥當，貫通一切，「曲成萬物而不遺」之謂。但是，單單中庸還是不够，因爲中庸只在物理層次的力量均衡，例如天文上的星球適中運行，而生命界更須有向上一着的提昇演化，由「化」而有

「生生」，方能使「揚」者有所翕，「棄」者有所闢，「分裂」有所調節，「否定」有所旋轉，「矛盾」有所化解，這才促成萬物的：力有所宜，情有所託，各得其所，各暢其生。這才是靜而得中，動而得知。故「和」即是發而皆中節，動而皆精當，於是社會上的老、少、壯、弱，皆有所安、懷、用、養了。正是：天地協和，生命繁衍；社會協和，人民安樂；萬邦協和，就是世界大同（不但軍事經濟政治等外在東西的大同，所有哲學宗教道德科學藝術等內在東西也互相貫通諧和而大同；大同並非力的統一）。故黑格爾的棄你揚我，馬克思的你爭我鬥，無異於心智不成熟，乃至神經病發作而痴狂或瘋癲。推而廣之，社會之動盪，猶如人體之高血壓；國家之戰爭，猶如混身發燒；政治獨裁，好比白血球過多；資本壟斷，好比脂肪橫流；貪汚腐化，猶如腸有鈎蟲；上下阻隔，猶如胃潰瘍；軍國主義，好比狂犬病；嬉皮運動，好比夢遊症；世界核戰，等於腦充血……，這一切都是病在人間失離中和。而歷史的路線並非黑格爾所說的單純的心性顯發，更非馬克思所謂的一貫的物性鬥爭，而是致中和！也就是人性的鍛鍊與昇華，亦即宇宙人生之發展，既是無窮的螺錐開展，代表進化向上，又是不盡的圓周循環，代表盛衰生死起伏。具有二重節奏，極一切變與化之妙，再還萬物本有之樸。於是方之極致通於圓（正多邊形之邊無限增加而漸成爲圓），曲之極致通於神。至於所謂矛盾、對立、分裂、否定、揚棄之類，雖確爲人生之所不免，但只不過像釀酒中的糟粕沉渣，以之深觀廣察宇宙人生歷史社會，實不過井蛙語海，夏蟲談冰；以之指導國家乃至世界，怎不諸病環生，馴致兵戈血淚滿紅塵？

歷史的橫切面卽是一個時代或社會，它有時可能是偏差的，但是歷史的縱切面，卽是歷史路線，則永遠指向中和！中和爲正常人生之所喜好，如同晴朗適中的天氣，是絕大多數人所喜愛的，儘管有一些人喜歡什麼在雨中散步，或喜歡在風中疾走，小孩子更有喜歡在洪水淹貫街衢上撩水嬉戲，都可隨其所好，但必定起不了歷史命運的決定性作用。因爲社會上如果有一種偏激的思想或行爲盪漾出來，過一段時間，不是自然平息，便是被另一種相反的新偏激東西，應運而起所抵制或消弭掉，而復歸於中和；除非到了人類全部死滅的末期，才失去致中和的能力，一如個體生命因失去致中和的身心能力，便告死亡。由此觀之，中庸卽是宇宙的最高道德表現，中和則是人生的最高道德表現。中和不是折衷，折衷是中庸之一種形式，對此萬不可混淆，因爲中和含有向上超越的合化生生的大功用，使成爲天地間鐘靈毓秀的精英。

梁漱溟先生曾謂中國文化是早熟的文化，頗有見地，但此言有欠精審。因爲文化包括科學在內，科學在中國能算早熟嗎？說它早，還可通，說它熟，便大謬不然了。但如單指一項哲學，則中國的辯證陰陽論，誠人類文化史上早熟的奇花異果，因爲它跳躍過很多階段，而一下子整合統一出一個整全的宇宙人生眞理來，它能涵攝歐美各大哲理，世界各大宗教精義，再結合現代物理生物心理等各方面各層次重大的科學原理而成之哲學總綱。故對於易理之研探，應先有各路學養爲基礎，再凝心深契，才能食古眞化，古化爲新，而萬古常新，發瓊漿玉液之嘆。宜乎十七世紀數學及哲學巨人萊布尼玆，卽認爲「宇宙的秘匙掌握在伏羲手裡的八卦」。現代精神分析大師榮格(C.G. Jung)更說：「對易經原理想得越少的人，則沈睡得越深」(The less one thinks about the theory of the I Ching, the more soundly one sleeps)，但鑑於易理之玄奧他又說：「易經的精神對於某一人顯現得明朗如白晝，對於另外一個人朦朧如黃昏，對於第三人漆黑如夜晚」(To one person its spirit appears as clear as day; to another, shadowy as twilight; to a third, dark as night 原文引自榮格替英文譯本易經所作長達十九頁的序文，此譯本爲 Bollingen Series XIX, Princeton University Press, 3rd edition)

故就陰陽辯證法而論黑馬二氏哲學，前者才比作花蝴蝶，後者比作癩蛤蟆。但就世俗知識而言，無論黑格爾或馬克思，在世界均有相當大的威力或魔力，不可等閒忽視。十個知識分子有九個耳熟能詳馬克思的矛盾否定對立統一之類名詞，且還用於寫作上，可見其流傳之廣，但一百個大專程度的知識人，恐怕有九十來個不諳黑格爾的揚棄原理，及其依此而來的人生觀宇宙觀與歷史觀。然而這並不表示黑格爾思想力量之衰微，他在西方世界傳統文化政治宗教等意識領域中，一直有强固的潛在心理地盤，而不爲一般人所自知，影響着政治經濟哲學乃至生活意識，故同樣對世界握有看不見的機鈕的實力。儘管本世紀有存在主義興起，排斥黑格爾辯證法如雲霧迷天，但存在主義爲西方思想界的異軍突起，上無傳統，下無根荄（頗與古代東方的道家之肯定自我以及儒家之承擔責任等思想相遙接），尙屬西方政治社會的在野力量，沒有一個當權的。其本身體系既未發展完熟，內部思想支派又多，而各有異趣，若以之對抗馬克思，其功力也還在黑格爾之下。君不見沙特一派的存在主義（其本體論接近唯物）對馬克思思想與社會，還有好幾分嚮往啊。黑格爾思想之戰馬克思哲學，假如比做花蝴蝶之逗癩蛤蟆，那末存在主義就好比草上螢火蟲賣弄那一點時暗時明的亮光，有時甚至還替癩蛤蟆引路。

黑格爾雖然高標宗教道德，但其宗教道德虛浮不實，有如波光雲影，崇神而卑人生，高則高矣，無奈宇宙人生不只一個高字所能述，對於大衆難於解悟踐履；馬克思亦非無自己的道德宗教，他的宗教就是拜物教，粗硬如頑石，他的道德律就是階級鬥爭，狂憤如野蜂，低則低矣，無奈宇宙人生不是一個低字解決得了的，人性並不都是那樣卑劣麻木的。易理所涵蘊的宗教道德，高明處遠勝黑格爾，簡易處則又大異馬克思。老子道德經所謂「道可道，非常道，名可名，非常名」，未嘗不可作道德一詞之禮贊。因爲文窮於象，文不離象；字限於形，字不離形，而形象不過變化的姿貌，安能述道德？宗教止於虔默，斷於言說，而道德境界猶在宗教之上。但陰陽易理，玄而返樸，神而合人，人而感物，物而通神，無處非通，無物不化，智者取其智，仁者取其仁，愚者取其愚，各樂其所得，故任何人都可以行之於日常之中而不自覺。生由化來，死由化去，如通造化，化卽是生，故死如脫衣，萬物爲我之身體，山河大地皆我之化身，是眞長生大生。生之道，妙不可以心思神契。陰陽交感，瞬息生生，化生廣生厚生生生都是道德之神用，而道德之本體幾乎不可以領悟，雖釋迦牟尼、耶穌基督，卓慧超世，猶不過道德殿堂外的護法，若馬克思黑格爾之流，彷彿夾谷山門口的兩大奇獸而已：右邊那一條翹首盤空、口噴甘泉的，爲千載玄龍黑格爾的眞身；左邊那一匹高蹻前蹄、厲聲嘶叫的，是紅鬃烈馬馬克思的靈魂。這兩隻孽畜，一時凡心觸動，先後落到現象界，闖下無窮的動亂風波。黑格爾甘泉淹灌，洪水奔騰，但見萬千紅男綠女，高困於象牙塔上，夢死醉生；馬克思則挾風雷之勢，鐵蹄飛過，聲震山川，一下子踏碎了半個人間，水紅如血，牠却飲血狂鳴。人間災病，一悲至此。想來人類歷史的文化芳齡才到「危險的十七歲」嗎？有許多歷史篇幅竟似鬼畫符般糟塌掉，又像一大堆醫院裏的病歷表。然而，生命原從混屯愚蒙中而起（屯、蒙都是易卦之名）。乾坤更不能無「否」，「否」極「泰」才來；人生不能無「剝」，「剝」盡「復」還生，以顯見其向上演化。同時人類又是註定在「未濟」與「旣濟」之間活動，以表示其圓周循環。這是形象氣數的自然邏輯，奈何不得的。惟其如此，這個世界才必須在歷史里程上經歷了黑格爾的風波與馬克思的災厄，然後向上一着創進到高一層的新意識境界。

然而，有許多人竟將「陰陽」二字附會到馬克思的「矛盾」，或解作黑格爾的「正反」，都看作什麼相對性，眞有點把天鵝說成蛤蟆，比把「揚棄」看作「摒棄」更爲悲劇，更難解脫誤會。矛盾與正反不過爲粗簡的變，變的超越層還有化，但化却又是溶在變之中。故從外在現象變化中，可以用矛盾或正反以解釋若干成分。雖然抓不到到其神髓，但能捕點風、捉些影，便以爲宇宙人生盡在矛盾或正反之中，便不脫量變與質變的律則而沾沾自喜。其實單單唯物怎能生出辯證法？這好比馬克思只偷到眞理美人的裙子褲子之類，怎能說從那裙子褲子的量變就能達到美人本身的質變了？反之，「唯心」怎能生出辯證法？這好比黑格爾偷偷的拍到眞理美人的照片，成天抱着那些照片，幻想美人推門而來，怎能說這幻覺美人的質變能生出那有血有肉的眞美人的量變來？玄理原極單純，明朗如白晝，但因自己沉迷不悟，被現象色相所欺蒙，却看成朦朧如黃昏（例如黑格爾），或者漆黑如夜晚（例如馬克思）。馬克思嘲笑黑格爾的辯證法爲頭在下、脚在上，（以喻心物作爲本體的顚倒）其實馬克思自己呢？也不過抱着那一條迷你裙以爲跟眞理美人結了婚。卽使黑格爾加上馬克思也還只是迷你裙加上照片，仍然不是眞理美人本身。因爲他們兩人加起來，只得一個變字，對於化字是毫無契悟的。

中華文化的最高哲理——陰陽辯證法的易理，蒙塵久矣，但終必復興光大，除非世界毀滅，萬有從頭再來。復興，不是單單爲中國人而興，而是眞理本具的創興因素，運載一切生命而翻騰起伏。興，當然要從根興起，不是塗脂抹粉、唱兩段女扮男裝的黃梅調，揮一陣眼淚與水袖之類；更不是在黃面孔上勾「白」擦「紅」，扮成一副黑格爾或者馬克思的臉譜。有志氣的應該馴服並騎上紅鬃烈馬，由千載玄龍陪護，在思想天地遨遊馳騁，行俠仗義。沒本事的却跪在龍馬之前，捧着獸口，吮舐餘唾，還要喊甜美，豈不好笑？

總之，今後世界文化，必在易理大綱領大原則下，合而爲一，化而爲和，生生而中節，中節而生生。合化之功多麼神奇宏偉。曠觀整個地球上各國思想，眞是千家爭鳴，兆衆異心，捨此變化無窮，玄通精一，而又妙合中和的易理外，還有什麼能够統合融滙而超度那紛亂如麻的世界人心呢？（完）

# 滄海叢刊已刊行書目(一)

| 書名 | 作者 | 類別 |
|---|---|---|
| 中國學術思想史論叢(一)(二)(三)(四)(五) | 錢穆 | 國學 |
| 中西兩百位哲學家 | 黎建球<br>鄔昆如 | 哲學 |
| 比較哲學與文化 | 吳森 | 哲學 |
| 哲學淺識 | 張康譯 | 哲學 |
| 哲學十大問題 | 鄔昆如 | 哲學 |
| 孔學漫談 | 余家菊 | 中國哲學 |
| 中庸誠的哲學 | 吳怡 | 中國哲學 |
| 哲學演講錄 | 吳怡 | 中國哲學 |
| 墨家的哲學方法 | 鐘友聯 | 中國哲學 |
| 韓非子哲學 | 王邦雄 | 中國哲學 |
| 墨家哲學 | 蔡仁厚 | 中國哲學 |
| 希臘哲學趣談 | 鄔昆如 | 西洋哲學 |
| 中世哲學趣談 | 鄔昆如 | 西洋哲學 |
| 近代哲學趣談 | 鄔昆如 | 西洋哲學 |
| 現代哲學趣談 | 鄔昆如 | 西洋哲學 |
| 佛學研究 | 周中一 | 佛學 |
| 佛學論著 | 周中一 | 佛學 |
| 禪話 | 周中一 | 佛學 |
| 都市計劃概論 | 王紀鯤 | 工程 |

# 滄海叢刊已刊行書目（二）

| 書名 | 作者 | 類別 |
|---|---|---|
| 不疑不懼 | 王洪鈞 | 教育 |
| 文化與教育 | 錢穆 | 教育 |
| 印度文化十八篇 | 糜文開 | 社會 |
| 清代科學 | 劉兆璸 | 社會 |
| 世界局勢與中國文化 | 錢穆 | 社會 |
| 國家論 | 薩孟武譯 | 社會 |
| 紅樓夢與中國舊家庭 | 薩孟武 | 社會 |
| 財經文存 | 王作榮 | 經濟 |
| 中國歷代政治得失 | 錢穆 | 政治 |
| 黃帝 | 錢穆 | 歷史 |
| 中國歷史精神 | 錢穆 | 史學 |
| 中國文字學 | 潘重規 | 語言 |
| 中國聲韻學 | 潘重規 | 語言 |
| 還鄉夢的幻滅 | 賴景瑚 | 文學 |
| 葫蘆·再見 | 鄭明娳 | 文學 |
| 大地之歌 | 大地詩社 | 文學 |
| 青春 | 葉蟬貞 | 文學 |
| 比較文學的墾拓在臺灣 | 古添洪<br>陳慧樺 | 文學 |
| 從比較神話到文學 | 古添洪<br>陳慧樺 | 文學 |
| 牧場的情思 | 張媛媛 | 文學 |

# 滄海叢刊已刊行書目（四）

| 書名 | 作者 | 類別 |
| --- | --- | --- |
| 音樂人生 | 黃友棣 | 音樂 |
| 音樂與我 | 趙琴 | 音樂 |
| 爐邊閒話 | 李抱忱 | 音樂 |
| 琴臺碎語 | 黃友棣 | 音樂 |
| 音樂隨筆 | 趙琴 | 音樂 |
| 水彩技巧與創作 | 劉其偉 | 美術 |
| 繪畫隨筆 | 陳景容 | 美術 |
| 現代工藝概論 | 張長傑 | 雕刻 |
| 戲劇藝術之發展及其原理 | 趙如琳 | 戲劇 |
| 戲劇編寫法 | 方寸 | 戲劇 |

# 滄海叢刊已刊行書目（三）

| 書名 | 作者 | 類別 |
|---|---|---|
| 萍踪憶語 | 賴景瑚 | 文學 |
| 讀書與生活 | 琦君 | 文學 |
| 中西文學關係研究 | 王潤華 | 文學 |
| 文開隨筆 | 糜文開 | 文學 |
| 知識之見 | 陳鼎環 | 文學 |
| 野草詞 | 李辰冬 | 文學 |
| 陶淵明評論 | 韋瀚章 | 中國文學 |
| 文學新論 | 李辰冬 | 中國文學 |
| 離騷九歌九章淺釋 | 繆天華 | 中國文學 |
| 累廬聲氣集 | 姜超嶽 | 中國文學 |
| 苕華詞與人間詞話述評 | 王宗樂 | 中國文學 |
| 杜甫作品繫年 | 李辰冬 | 中國文學 |
| 元曲六大家 | 應裕康<br>王忠林 | 中國文學 |
| 林下生涯 | 姜超嶽 | 中國文學 |
| 詩經研讀指導 | 裴普賢 | 中國文學 |
| 莊子及其文學 | 黃錦鋐 | 中國文學 |
| 現代散文欣賞 | 鄭明娳 | 中國文學 |
| 浮士德研究 | 李辰冬譯 | 西洋文學 |
| 蘇忍尼辛選集 | 劉安雲譯 | 西洋文學 |
| 文學欣賞的靈魂 | 劉述先 | 西洋文學 |